ハーレクイン文庫

# ルイの仮面

ソフィー・ウエストン

藤波耕代 訳



HARLEQUIN
BUNKO

# A MATTER OF FEELING

by Sophie Weston



Published by Harlequin K.K., Tokyo, 2014

# ルイの仮面

## ◆主要登場人物

バーバラ・ラム……………………不動産会社勤務。
トレヴァー・ボウマン……………バーバラの上司。
ハリー・ラム………………………バーバラの叔父。
ブライアン・ガラハー……………ハリーの仕事仲間。実業家。
ルイ・ニエヴェス・ドス・サントス……侯爵。物理学者。
ペピータ・マルティネス…………バーバラとルイの友人。
フェリシア…………………………ルイの祖母。
ルイス………………………………ルイの甥。
ディックとアランナ………………ルイの友人夫妻。

# 1

その日はいつもと変わりなくはじまった。バーバラは差し迫る災難の予感もなしに目覚めた。身支度をして、鏡の前で栗色《くりいろ》の髪が光り輝くまでブラシをかけ、階段を駆け下りて街に飛び出した。彼女は溌剌《はつらつ》として、波瀾《はらん》の人生に再び投げこまれる運命にある人とはとても思えなかった。胸に引っかかることといえば、社長のトレヴァー・ボウマンが内緒で進めている取り引き。あの件については、そのうち彼と話して決着をつけよう。バーバラは歌まで口ずさみながら、颯爽《さっそう》と地下鉄の駅へ急いだ。そんな朝だったのだ。

いつもながらいちばんに出社。よかった。トレヴァーがいきなり現れて社内中の人間を右往左往させる前に今日のだいたいの段どりがつけられるというわけだ。トレヴァーは仕事をばりばりとこなし若くして成功したのだが、経営の才はないため、不動産会社を設立するにあたって部下兼共同経営者としてバーバラをスカウトした。彼女は不動産の専門家であり、トレヴァーともう一人の共同経営者ダン・レナードが営業に飛びまわる間、忙しいオフィスを独力で切りまわすことのできる実力の持ち主だった。

さっそくバーバラは郵便物の整理にとりかかった。オフィスを指揮できるのはいいが、自分のための時間もいくらかは欲しい。トレヴァーのワンマンな仕事ぶりにはうんざりさせられる。

会社の設立当初はそうでもなかった。トレヴァーはバーバラを対等に扱い、彼女への印象をよくしようとした。ところがスペインやポルトガル関係の取り引きをバーバラが次々に成立させると、彼の態度は変わった。かの国の取り引き相手はスペイン語もポルトガル語も流暢《りゅうちょう》に話せるバーバラを指名してくる。そんな自然な成り行きに、トレヴァーは不機嫌になった。

その彼が今、バーバラに内緒で取り引きを進めている。相手はバーバラが担当して当然の国の人。それを知ったバーバラはひとまず仕事の上での嫉妬《しっと》が原因と考えた。バーバラ・ラムの手を借りなくたってスペイン語を話す客の相手はできる――トレヴァーはそれを証明してみせたいのだろう。しかし、彼が秘密裏に取り引きを進めているのはそれだけの理由からだろうか？　いかがわしい仕事にかかわっている人間には独特の気配がある。それを知っているバーバラは、不安をぬぐい去れなかった。さりげなさを装ってもついぼろが出るものだ。そして興奮を押し殺した雰囲気が漂う……。

先日、叔父のハリーと会ったとたん、やはり同じ気配を感じとった。そのときバーバラは、トレヴァーが何をたくらんでいるのか本人の口からはっきり聞くべきだと悟った。進行中の取り引きが合法的なものだとしても、トレヴァーが窮地に陥れば、バーバラもダンも巻き添えをくう。それが共同経営だ。経営者の一人一人がほかの経営者たちについて責任を持つ。つまり借金や業務や道義的責任までも……。バーバラはぞっとしながら郵便物の整理を急いだ。

プエルト・バヌスの消印のある手紙にふと目をとめた。外国からの封書はたくさんあるが、ほかは急ぐ必要なしと判断して秘書のローズマリーに仕分けをまかせることにした。しかし、この一通はあて名が手書きというだけでも珍しいのに、筆跡に見覚えがあるような……。バーバラは封筒を裏返した。差し出し人の住所と名前が裏側に記されていることもある。が、この場合はなかった。

バーバラは肩をすくめ、それを封筒の山に戻した。新規の客かもしれない。あとでローズマリーが見て、担当者を判断するだろう。彼女、若くて就職したばかりなのに、有能な子でよかったわ。

表のドアが音高く開閉した。開放的な設計の応接エリアを通ってオフィスに入ってきた人物はダン・レナード。

「おはよう！」彼は陽気に挨拶《あいさつ》した。「いい天気だねえ。ナポレオンはまだだろう？」

トレヴァーは社員に不人気だが、それをあからさまに口にするのは、優秀な営業マンであり不動産の専門家としてはトレヴァーより上のダンだけだ。バーバラは笑いをこらえて言った。「ゆうべ、今朝は大事なお客さまを空港へ迎えに行くから遅れると言ってたわ」

ダンは驚きもせずに皮肉を言った。「けっこう、きみに同行せよとは言わなかったか。ねえ、バーバラ、きみは仕事以外のことをする暇があるのかね？　トレヴァーのお守りでくたくただろう？」

バーバラは返事をしなかった。こんなことを口にするのもダンだけだ。もっとも、トレヴァーのもとで働く七人のほとんどがダンと同意見であることは、バーバラもうすうすわかっていた。

彼女は未開封の手紙の山をローズマリーのデスクに置き、また自分の席へ戻った。ダンはその様子を皮肉っぽく観察している。しかしバーバラは気にしなかった。ダンともトレヴァーとも長いつきあいだが、彼らとの間に異性としての感情が生まれたことはない。男二人が不動産会社を設立したとき、バーバラも参加することに同意した理由の一つはそれだった。相手を男性と意識すると落ち着かなくなるが、ダンやトレヴァーとなら、ほかのことはともかく、その点で窮屈な思いをしなくてすんだ。

バーバラはダンの目に映る自分の姿を知っていた。身長は中くらい、濃紺のスーツ、糊《のり》のきいた幅広の襟のブラウスに細いタイを結んだ地味な格好のやせ型の娘。骨格はいい。流行のスタイルにカットした髪は栗色とも金色ともつかない真新しい一ポンド金貨の輝きを放つ。健康的な肌は子供のように若々しい。ひそかに笑みを浮かべるとき、はしばみ色の瞳を隠してくれるまつげは、モデルや女優がうらやむほど長くカールしている。

有能なバーバラ・ラムは、本人さえその気になれば、すごい美人になれるのに。ダンがそう考えていることは、バーバラは知らない。見かけと違って本当はもっと生き生きした女だと、ダンは持ち前の鋭い眼力でとっくに見抜いていた。バーバラはなぜ人目につきたがらないのだろう。彼は何度となく不思議に思ったものだ。美貌《びぼう》の女は目立ちたがるのが普通だろうに。ダンはコーヒーをいれながら考える。ぷくぷくと泡だつ液体が、いい香りを漂わせはじめる。

バーバラは仕事の手を休めて鼻をうごめかした。「あとどのくらい？」笑ってたずねる。

「五分だね」ダンの返事には長い経験からくる自信があふれている。「本日の一杯目のコーヒーを飲む前に、ひと仕事片づけたまえ」

バーバラは笑って仕事に戻った。一通目の手紙に対する返事の下書きは終えた。次の手紙に関する一連の計算書の確認もすみ、三通目の手紙の質問に答えるべくスペインへのテレックスを口述した。それから顔を上げると、ダンはとうに彼女のデスクにマグカップを置いていた。そのころにはローズマリーも出社し、受付の自分の席についてにこやかにしていた。髪は風に吹かれたようなスタイルにセットしてある。秘書はポテトチップスの袋らしきものをデスクの引き出しにしまいこんだ。

ダンが言う。「あんなにスナックを食べる子は見たことないな。人一倍食べるくせに、針金みたいにやせているんだからな」

「不公平よね」バーバラはおかしそうにうなずき、椅子の背にもたれて香り高い熱い液体を口に含む。

ダンはバーバラを見つめて言った。「きみがローズマリーをうらやむ必要はぜんぜんないよ。最近またやせたんじゃないか、バーバラ？」

そのとおり。体調が悪いわけではないが、先日叔父が不意に訪問して以来、普段からちゃんととらない食事をますます抜くようになった。おかげで伝線したストッキングをはかなくてすむ。靴を修理に出したり定期的に美容室に行ったりできるし、家賃は期日どおりに払える。スカートはゆるくなり、ブラウスもぶかぶかになったが、それに気がついた人がいるとは。バーバラは驚き、肩をすくめた。

ダンがそっと言った。「悩みごとかい？」

バーバラは無言でコーヒーを口に運ぶ。ダンは彼女とデスクをはさんで座り、頬づえをついた。

「ナポレオンに負けるなよ」ダンは抜群に観察力が鋭い。

バーバラは思わず彼の顔を見た。驚いたり警戒したりするときの彼女の目はとてつもなく大きくなり、表情が消えて猫の目に似てくる。

「そのくらいわかるよ。トレヴァーが進めている取り引きの中にどうも気に入らないのがあるだろう？　ぼくたちに秘密にしてるけど、妙な連中が彼に会いに来るんだよ。それも夜遅く」

バーバラはため息をついた。最も恐れていたことを説得力のある声で言われると気がもめる。ここしばらく、そんなことはありえないという希望にすがってきたのだ。

「その人たちに会ったの？　トレヴァーはわたしには会わせないようにしてるのよ」

「ぼくにもだよ。偶然目にしたってところかな」ダンはにやりとした。「レインコートを忘れて戻ったら、彼と問題のスペイン人がここにいて、スペインからポルトガルのアルガルヴェ地方にかけてのリゾート開発について話していたようだよ。巨額の金が動くらしいぞ」

「だからって、いんちきとは限らないわ」バーバラは反論した。

ダンは彼女を哀れむように見た。「億万長者のディベロッパーがうちのようなちっぽけな不動産屋に来るんだから、いんちきってことだよ。国際的な不動産会社がいくらでも話に乗るだろうに」

「うちだってスペインやポルトガルにけっこうコネがあるわよ」

「きみの場合はね」ダンはおだやかに指摘した。「トレヴァーはイギリス人だけを相手に稼ぐ。きみはスペイン語圏に対するうちのセールスポイントさ。ところが彼は今度の取り引きにきみを近づけようとしない。それが何よりの証拠さ」ダンは肩をすくめて立ち上がった。「さて、ぼくも仕事に励むとするかな」

ダンは去り、バーバラは物思いに沈んだ。わたしはどこへ行っても必ずいかがわしい人物につきまとわれる運命なのかしら？　まず叔父のハリー。彼がひょっこり姿を現すたびにバーバラは自分が詐欺師まがいの一族の血を引いていること、今も借金のある身だという事実を思い知らされる。そしてトレヴァーも、バーバラの理解を超える怪しげなことに深くかかわっている。トレヴァーに談判しよう。ダンは言わないだろう。彼には住宅ローンとか、彼をひたすら頼りにしている幼い子供のいる家庭とか、失うものがありすぎる。でも、失うものもないわたしならトレヴァーに言いたい放題が言えるわ。

バーバラは憂鬱《ゆううつ》な顔になってつやつやと光るやわらかい髪を手で梳《す》いた。

トレヴァーは、あきれるほどの陽気さで、それから一時間半後に現れた。相手の名前は慎重に伏せていたが、大事な客をホテルに送り届けてきたという。踊るように入ってくるなりバーバラの両頬に熱烈なキスを浴びせ、ゴルフ場やプールなどのきらびやかなパンフレットを積み上げた社長席におさまった。

バーバラは深呼吸をした。今だわ。何をたくらんでいるのかきいてみよう。しかし、立ち上がるのと同時に部屋のドアが開いた。邪魔が入って助かったような気分でバーバラは後ろを振り返った。

ローズマリーが困惑した顔で立っていた。「女の方がいらして、お約束はないそうですが、わたしなら会うはずよっておっしゃってます」彼女は手にしたメモをおぼつかなく読んだ。「ペピータ・マルティネスという方で、お知り合いだそうですけど」

バーバラが口を開くより先にトレヴァーが眉をひそめて言った。「マルティネス？　知らないなあ。どんな感じの人？」

「三十歳くらいで、ものすごくシックなドレスを着て、黒い髪をバレリーナみたいに結って、英語がお上手ですけど」

最後の言葉がトレヴァーの心を動かしたのだろう。普段なら不意の客に会う彼ではない。

「よし、ここへお通ししたまえ」

ミス・マルティネスが入ってくると、バーバラはうれしさに前へ進み出た。「ペピータ！」

スペイン人らしい娘が自国語をまくしたてながら熱烈にバーバラを抱きしめる。トレヴァーは陰険な顔になり、意地悪く言った。「ご挨拶にお寄りになったんですか、セニョリーナ・マルティネス？」

ペピータはバーバラから身を離し、涼しい顔で彼の方を見た。「バーバラにちょっとお話がありますの」彼女は魅力的なアクセントで言った。トレヴァーなど目にも入らないといった調子だ。「できれば、わたしたち二人だけで」

トレヴァーはにべもない。「商売の話ではないんですね。今、うちは忙しいんですよ、セニョリーナ・マルティネス」

ペピータは臆《おく》することもなくトレヴァーを見た。「あら、これはご商売の話ですけれど」

「では、ぼくが伺いましょう」トレヴァーは社長席の前の椅子を示した。

ペピータはおっとりと首を横に振り、さっきのトレヴァーそっくりに、にべもなく言った。「バーバラでなくては」

再び険悪な顔になりかけるトレヴァーを見て、バーバラはあわてた。「ちょっとコーヒーを飲みに行ってきますわ、トレヴァー、お邪魔にならないように。あとで報告します」そう言って彼をなだめた。「いい話をおみやげに持って帰らなくてはならないわ」一流ホテルのラウンジに落ち着くと、バーバラはペピータに言った。ペピータは、自分が宿泊中のこのホテルに戻ると言い張ったのだ。彼女はエレガントなドレスとはおよそ不釣り合いな、娘時代を思い出させるような感じでにやりと笑った。

「ほんと、うるさそうな人ね」ペピータは落ち着き払ってたずねた。「彼はあなたのなんなの？」

バーバラは目を丸くした。昔から驚くほど率直なペピータだが、それにしても話が唐突すぎる。十年ぶりの再会であり、ここへ来るタクシーの中で挨拶を交わしただけだというのに。

「あなたの恋人でないことを願うわ」ペピータは相変わらず落ち着いた口調で言った。

「失礼な人だし、頭もにぶそうだし」

バーバラはあきれて怒ろうとしたが、結局吹き出してしまった。「昔と変わらないわね」

「彼、やっぱりそうなの？」ペピータは濃く黒い眉をひそめた。

「まさか。単なる仕事仲間よ」

「あら、そうなの」ペピータの表情はまだ晴れない。「所有欲の強そうな人ね」質問するような口調だ。

「仕事となるとね。お客さまの話を聞くのが彼の仕事だから。わたしに執着してるわけじゃないわ」

「なるほど」ペピータは安心したようだが、慎重に続けた。「じゃあ、別の人がいるの？」

バーバラは首を振って否定した。「ペピータ、十年ぶりに突然現れて、わたしの男性関係を尋問するのはどういうこと？」

ペピータは黙りこみ、やがて「気持がついそこへ走ってしまうのよ」と抑えた声で言った。そしてバーバラの目を見た。「あなた、本当に知らなかったのね」

バーバラは当惑して首を横に振った。

「婚約したの」ペピータはぶっきらぼうに言った。「ルイ・ニエヴェス・ドス・サントスとね」

バーバラは衝撃を受け、ペピータを茫然《ぼうぜん》と見つめた。二度と耳にしたくなかった名前。

あの男がペピータと、わたしの親友だった人と結婚……？

「やめとけばよかったわ」ペピータの言葉にバーバラの頭はますます混乱した。「どうして承諾してしまったのかしらね。わたし、彼がこわいのよ」

バーバラは麻痺《まひ》したように親友を見つめるばかりだった。返す言葉がまったく頭に浮かばない。

ペピータは身を乗り出した。「あなたに助けてもらいたいのよ、バーバラ。お願い！わたし……どうしていいかわからないの」

バーバラの沈黙を了解もしくは同情ととり、ペピータは詳しく話しはじめた。ルイ・ニエヴェス・ドス・サントスが彼女にプロポーズしたのは、一年以上も前らしい。

「最初は本気になれなかったわ」ペピータは率直に言った。「彼って……ほら、わかるでしょ」

「ええ」しびれた感じの唇をバーバラは動かした。

「すごく……打ちとけにくい人よね。長いつきあいなのに、わたし、まだ彼がこわいときがあるの」ペピータはちょっと恥ずかしそうに言った。

バーバラは無表情に繰り返した。「ええ」

「ママが大喜びでね」

気さくで陽気なセニョーラ・マルティネスをバーバラは思い浮かべた。彼女は未亡人で、生まれ故郷のスペインを離れ、ポルトガル南部の海辺に居を構えている。バーバラがこの親子と知り合ったころは、娘のペピータが小さな乗馬学校を経営しながら母親の怠慢な管財人たちを手紙でてきぱきと指図して、傾きかけた家を支えていた。有能な娘が裕福な男と結婚するとなれば、セニョーラ・マルティネスはうれし涙に暮れていることだろう。

「母の口車に乗ってしまったの。それがとっても巧妙で、気がついたときはあとの祭り。〝もしもあなたとルイが結婚すれば、わたしはもうあなたのことを心配しなくてすむのにね〟からはじまって、〝あなたたちが結婚するときは……〟になって、ついには孫なんて言葉まで持ち出したのよ！」ペピータはげんなりした顔をしてみせた。「孫ですって！」彼女は肩をいからせた。「わたしはもうお手上げよ」まつげ越しにバーバラをうかがう。「それでこんなことになってしまって、もうどうしていいやら」

バーバラは言った。「それでロンドンに？　逃げてきたの？」

「いいえ、ウエディングドレスをあつらえに来たことになっているの。ルイも来たのよ。彼のお祖母《ばあ》さまがこちらの病院に入院していらっしゃるの」

「結婚式？」バーバラはかすかに青ざめた。ペピータとニエヴェス・ドス・サントス侯爵の結婚がどうかして？　友人の幸せを願う以外、わたしには関係のないことだわ……。

「侯爵夫人のお体を考えて結婚式は地味にするの。ルイは来月にしようって」ペピータは不意に身震いし、膝に置いた両手をきつく握りしめた。

バーバラは思わずペピータの長い指に注目した。十年前と同じく十本の指のすべてに指輪がはまっているが、どれも安物で、婚約を意味するダイヤの指輪はない。

ウエイターがコーヒーを運んできて給仕し、大皿からケーキをとり分けた。ペピータは手を振って彼を下がらせた。「そのときよ、こんなことを考えはじめたのは……。あと四週間しかないでしょう……。だめ、わたしにはできないわ」

その声には間違いなく絶望的な響きがあった。

「侯爵はなんておっしゃってるの？」知りたくない。ルイ・ニエヴェス・ドス・サントスが婚約者に愛想をつかされてどうしたかなんて、知りたくもない。だが、バーバラはたずねずにはいられなかった。

ペピータはコーヒーをやたら熱心にかきまわしている。「うーん……それが問題なのよね」

「婚約不履行で告訴するのかしら？」

ペピータはうつむいたままだ。「かもね」放心したように言うと、やがて一大決心をしたごとくコーヒーカップを置き、バーバラに向き直った。「彼にはまだ言ってないの。言いようがないんですもの。ママはショックでしょうし。だからね、助けてほしいのよ」

バーバラは豪華なクッションから体を起こした。「まさか……」

ペピータはうなずいた。「ルイとあなたは知り合いじゃない。ね、ロンドンにはあなたしか頼める人がいないのよ。侯爵夫人がいらっしゃるけど、ご病気だし。わたしが言うわけにはいかないわ……ほら、彼はあの、顔の傷のせいだと思うでしょう」

バーバラは冷静になっていた。「どうして?」

「あら、決まってるじゃない」友を説得したい一心で、ペピータはしゃべりすぎるほどしゃべった。「彼はプライドが高すぎるから口にはしないけれど、傷跡のある側を絶対こちらには向けないわよ。気がつかなかった? 彼のお兄さまのフェルナンドの奥さんときたら、ルイのことをお化けだなんて言って、結婚式の写真に彼を入れなかったのよ。ルイはルイで、ぼくたちのウエディングアルバムはマダム・タッソーの人形館の恐怖の部屋みたいになるだろうな、ですって。そこまで言われたら気にならない?」

「そうねえ」バーバラはうつろにあいづちを打った。ペピータの異常な話を聞く中で、少しでも現実感をとり戻したかった。

ペピータはためらい、妙に抜け目のない顔でバーバラを見た。「わたし、自信がなくなっちゃったの。そんなこと考えてもみなかったのに、結婚が間近に迫って、彼が……」ペピータはまた身震いした。

バーバラは目をみはった。彼女らしくもない。ペピータのような世慣れた女性が口ごもるなんて。

「彼はあなたの体を求めたの?」

ペピータは愕然《がくぜん》となった。「まさか！　そんなことするのは、どうでもいい女とだけよ。妻になる女性と結ばれるのは結婚してからと思ってるらしいわ。そうでないと相手に失礼だって考えたんじゃない？」

「まあ」バーバラは思い出したくないことを――分別や冷静には無縁の侯爵を思い出した。「あの人は騎士道精神の塊ですもの」ペピータは持ち前の性格をとり戻していた。「はっきり言って、わたしはそういうところにいらいらしていたの。ところがあるとき、彼は結婚式の話をしながら、わたしを腕に抱いたわ。そして二人で、長いつきあいだったねとか、この結婚にびっくりする連中もいるだろうとか話し合ったの。だって、わたしたちは友達づきあいしかしてこなかったから。彼はね……」ペピータは口をつぐみ、またも抜け目ない表情を見せた。「とにかく、何かが違うのよ」いきなり声がまじめに、そして率直になった。「わたしとルイは友達で、結婚するような仲じゃないのよ。わかるでしょ？」

バーバラはまたも平手打ちをくらったような気がした。わからないと言いたいところだが、嘘《うそ》をつくのは下手だし、ペピータはすでにバーバラの返事を承知している顔だ。「ええ、まあね」しぶしぶバーバラは認めた。

ペピータは重荷を下ろしてほっとしたのか、輝くばかりの笑顔を見せた。「よかった。じゃあルイのところへ行って説明してね。彼に婚約指輪を返して、わたしが間違っていたと伝えてちょうだい」

はしばみ色の瞳が恐怖にかげった。「そんなこと無理よ！」

ペピータのほうは陽気そのものだ。「無理じゃないわ。それしか方法がないもの。あなたがあの不動産会社で働いているってわかったとたんに、あなたしかいないって思ったわ」

「だめよ」バーバラは強い口調になり、彼女らしくもない不器用さでコーヒーカップを小さなガラスのテーブルに投げるように置いた。

ペピータは聞く耳を持たず、バーバラに引き受けてもらって自分がどんなにほっとしたかを、たっぷり三分間しゃべりまくった。ここに行けばルイに会えるわ、彼と連絡をとるのは実に簡単よ、今電話してもいいわ……。

「やめて！」バーバラの絶望的な声を、今度はペピータも聞き流すわけにはいかなかった。

「どうしたの？」ペピータはぽかんとしている。

バーバラは気持を抑えて言った。「ねえ、ペピータ、彼とは長いこと会ってないし……」

「十年になるわね」とペピータはうなずいた。

「それに、わたしたち、気持よく別れたわけではないし」

ペピータは目をみはった。「どういうこと……別れたですって？　つまり、あなたとルイは……でも、あなたはまだ子供で……」

「十八よ」バーバラはおだやかに口をはさんだ。

ペピータはマニキュアをした手を振ってバーバラを黙らせた。「子供じゃないの。皆そう思ってたわ」表情豊かな顔に本物の不安が浮かんだ。「あなたが逃げ出したのはルイが原因なの？　わたしはまた、あの、あなたの叔父さまが連れてきたいやらしい男と何かあったのかと思っていたのに。まあ、そうだったの……」

何もかもペピータに打ち明ける必要がありそうだ。バーバラは暗い気持になり、目を閉じた。決して口に出さず、考えないようにすれば、いつかは記憶から消えてしまうと思っていたのに。愚かだった。ルイ・ニエヴェス・ドス・サントスのような男を忘れられるはずがない――彼から受けた侮辱も。バーバラは低い声で言った。「ペピータ、わたしがこれから話すことは絶対に口外しないって約束して」

「大丈夫よ、ルイには言わないわ」ペピータはやさしく誓った。

バーバラは悲鳴に似た笑い声をあげて友をひるませた。「そうじゃなくて、わたしにも決して言わないでほしいの。わたし……忘れたいの、忘れようと努力しているのよ。だいたいうまくいくんだけど」

彼女はいきなり十年前のバーバラ・ラムをしのばせる頭の振り方をした。十八歳のバーバラは、腰まで伸びたロングヘアをスカーフや古ぼけたリボンで束ねていた。髪はいつも美しく輝き、シャンプーの香りがした。しかし、無造作なあまり粗野な感じを与えることもあり、ペピータの乗馬学校で小さな子供たちが乗る、毛がぼさぼさのポニーを思わせた。

今、一瞬だけ、ビロードのソファに座る大人の女に、ロングヘアの頼りなげなティーンエイジャーの姿が重なった。

あれは遠い昔のこと。でも、すべて思い出せる。ニエヴェス・ドス・サントス侯爵との一場面一場面、あの冷ややかなまなざし、軽蔑《けいべつ》的な言葉。最後は言いたい放題のあげくバーバラを拒否した。そればかりではない。バーバラは事情を静かに語った。ペピータは身を乗り出し、やっと聞きとれるほどの声に耳を傾けた。一度か二度、バーバラが当時を思い出し、文字どおりひるむのも見た。

ことの起こりはバーバラの叔父だった。ハリー・ラムはバーバラの父の弟で、一匹狼《おおかみ》の自称〝少佐〟。兄夫婦が死んだために引きとった十五歳のバーバラを連れてイギリスからヨーロッパ大陸に渡り――彼に言わせれば〝難を避けて〟各地を転々とした。南フランスからスペインへ、一時はメキシコに行き、またスペインに戻ってからポルトガルのアルガルヴェ地方に流れ着いた。

そこまで話すとバーバラは肩をいからせた。「アルガルヴェでのことはご存じのとおりよ。わたしは十八になったばかりで、着いてすぐにあなたに会ったのよね」

ペピータはうなずいた。

「あそこでハリーはいろいろな仕事をしたわ。プール掃除をしたりバーで働いたり、わたしたちが住んでいた別荘の管理人もしていたわ。しばらくして彼はブライアン・ガラハーと知り合ったのよ」

「そうだったわね」ペピータは持ち前のやわらかい声にきびしさをこめた。

ブライアン・ガラハーは土地開発を手がけていたが堅実な業者とは言えず、地元の人間から安く買った土地に別荘を建てて外国人に高く売りつけようとたくらんでいた。ハリー・ラムは交渉人として関係するようになり、ガラハーは別荘に泊まりに来た。

そのときすでにハリーはこの厚かましい実業家に多額の借金があった。が、ハリーにとっては幸運にも、ガラハーは彼の姪《めい》に気があることを隠さなかった。そこで、ハリーと当時の彼のガールフレンドはスペインへ行くことにし、留守中は用心のためにガラハーが別荘に泊まるからとバーバラに告げた。このガラハーから身を守るために、バーバラはニエヴェス・ドス・サントス侯爵の館《やかた》に逃げこんだのだった。

「走ったわ」バーバラは感情をこめずに言った。「テラスから逃げ出して杏《あんず》の林を抜けて走りつづけたわ。お屋敷がいちばん近いし、侯爵夫人をしょっちゅうお訪ねしていたから」

「ルイはあなたを家に入れてくれたのね?」ペピータにはまったく初耳だったらしい。

「ええ」バーバラはあの夜のことをすべて話してしまおうかと思ったが、やめた。「でも侯爵は、ガラハーを別荘に泊めたのはわたしで、酔った彼がこわくなっただけだと考えたの。わたしは……そんな女だと思われていたのよ」

「まさか！」ペピータは本能的に抗議の声をあげた。「それはきっと……」

バーバラは肩をすくめた。真っ青な顔色が美貌を際立たせた。「そんなことはどうでもいいのよ。とにかく、侯爵はわたしを中に入れてくださったわ。その晩は侯爵夫人を起こしもせず、泊めてくれたの。わたしがなかなか別荘に帰りたがらないものだから、彼が……侯爵がガラハーに会いに行って」

バーバラは唇を固く結んだ。別荘から戻ってきたときのルイの怒りに歪《ゆが》んだ顔が思い出された。わたしの無知にあきれ返り、傷跡の残る口もとに侮蔑の表情をありありと見せていたっけ。てっきり怒られるものと覚悟していると、彼はただきれいに整えた頭を慇懃《いんぎん》に傾けて会釈し、叔父さんにはスペインからすぐ戻ってもらおうと告げた。やがてハリーが館にやってきた。

バーバラは言葉を慎重に選んだ。「ハリーは……悪だくみを思いついて、彼に……侯爵に、わたしを誘惑したなんて因縁をつけたわ」思い出すだけで恥ずかしさに身がちぢむ。あのとき、ルイは信じられないという面持ちでハリーを見た。誇り高く尊大な表情だった。きらめく緑の瞳としなやかな体にひそかに憧《あこが》れていたわたしは、死んでしまいたいと思った。「ハリーはちょっと……ご都合主義なところがあって、侯爵をゆすろうとしたのよ。お金を出せば黙っててやると言って。そうすれば、わたしをお屋敷に置いてもいいとさえ言ったの。侯爵の好きなようにしてかまわない、という意味だったと思うわ」

「ぜんぜん知らなかったわ」ペピータは言った。バーバラは無理に笑顔をつくった。「それはそうよ。わたし、だれにも言わなかったんですもの」

「ルイはあなたを責めなかったでしょうね。できっこないわ、そんなこと！　あなたはまだ子供だって、ちゃんと心得ていたはずですもの」

ペピータはすでにかなりショックを受けている。だから、続きは話さなくてもいいだろう。ニエヴェス・ドス・サントス侯爵との絶望的な場面は再現しなくてすみそうだ。花開くかに見えたわたしの人生が、最もつらい結末を迎えたあの場面を。わたしを放したときの彼の嫌悪の表情は一生忘れないわ。

結論としてバーバラは言った。「侯爵はわたしにお金をくださったの」言葉が喉につかえた。

「あれはルイのお金だったの？　うちに来たときにあなたが持っていた現金のことね？」

ペピータが言った。「今までずっと、ガラハーからもらったのかと思っていたわ」

バーバラは首を振って否定した。「あれは手切れ金よ」痛烈な自嘲《じちょう》をこめて言う。「侯爵に解雇されたのよ。なぜ、あなたの代わりに彼に会いに行けないのか、これでわかったでしょう？」

あまりにも生々しい過去の思い出から現在へ返ったとき、軽いショックを受けた。超近代的なホテル、セニョーラ・マルティネスが貪《むさぼ》るように読んでいたモード雑誌から抜け出たようなペピータ、人々のざわめき、コーヒーの香り。

ペピータは暗い顔をしている。「わたしって、ほんとにばかだったわ。気がついてもよさそうなものなのに……」

バーバラは首を横に振った。「うちの小さな家庭内悲劇のこと？　無理よ」口もとが歪んだ。「わたし、必死で隠したんですもの」

ペピータは言った。「あのときあなたが厩舎《きゅうしゃ》に来たのは……ルイから逃げるためだったのね？」

「すべてからよ」狂わんばかりに取り乱した自分を思い出し、バーバラは胸が痛んだ。

「叔父さまのところへ行かなかったの？　叔父さまからルイにちゃんと説明してもらえばよかったのよ」ペピータは探りを入れた。

「叔父が何を説明するの？　お宅の使用人たちをだまして実際の価値の十分の一の値段で土地を買収しようとしましたって？　最終的には侯爵夫人をかもにするつもりでしたって？」突然バーバラは辛辣《しんらつ》な言い方になった。

ペピータは動揺したようだ。「ほんとに？」

「らしいわ」バーバラは冷淡な口調を心がけた。「彼が――侯爵がやめさせたの。ハリーがそんなことを言ってたわ」

ペピータはすばやくバーバラを見た。「まだ叔父さんと会ってるの？」

バーバラは苦しげな笑い声をあげた。「そうよ、ハリーからは簡単に逃げ出せないわ。叔父にとって、わたしは保険みたいなもので、お金に困ると必ず訪ねてくるの。厳密に言うと、わたしは叔父に借りがあるの。昔、ハリーがイギリスを逃げ出したのは、大きな不正取り引きにかかわったせいらしいの。それ、わたしの父が手をかけた取り引きなんですって。となると」バーバラは肩をすくめた。「父のせいでハリーは長いこと逃亡生活を送ったわけだから、ときどき彼にお金を渡すのはわたしの義務なの。あら」彼女は腕時計を見た。「そのためにもオフィスに戻らないと。この前ハリーが来てから、わたしのお財布はからっぽ。だから、今週のお給料はぜひとも必要なのよ。トレヴァーに、わたしを首にする口実を与えたくないわ」

「あなたは共同経営者でしょう？」

「資本金を出しているのはトレヴァーだけ。だから、お給料を払うのも彼なの」バーバラは立ち上がった。

ペピータもあわてて立ち上がった。「待って。まだ話があるのよ」彼女は早口に言った。「あなた、変わったわね。意外だったわ……」

ペピータ、あなたもけっこう社会に順応しているわとバーバラは皮肉に考えた。十年前のあなたなら、わたしの襟首をつかんで揺さぶったでしょうに。

ペピータは狼狽《ろうばい》した顔で息もつかずに言った。「お願いよ、バーバラ、一分だけ待って。あなたはわかってないわ」

「失礼するわ」バーバラはかすれた声で言い、ペピータを押しのけるようにして歩き出した。

人々の視線を感じながらホテルのロビーを走るように抜けた。人にどう見られようとかまわない。今はただ過去から逃げるだけ。触手を伸ばし、無理な要求をしてくる過去から。

# 2

オフィスではトレヴァーがかんかんに怒って待ち構えていた。しかし、バーバラは目もくれない。彼はにらみつけた。

「長かったじゃないか。今夜、その分は残業するんだろうね」トレヴァーは意地悪く言った。

「ええ」バーバラはうわの空で答えた。それが火に油をそそぐ役目を果たした。

「いったいどういう客なんだ？　契約はとれそうなのか？」

バーバラはうつろな目を彼に向けた。

「きみ、いいかげんにしろよ！」トレヴァーはこらえきれずに怒鳴った。「オフィスを自宅の延長と考えているんだろう。私用の客は来るわ、ペンキ屋に電話はするわ。編みかけのセーターを持ってこないのが不思議だね！」

「編み物はしませんもの」バーバラは冷淡に答えた。おもしろいものだわ。トレヴァーは怒っても滑稽《こっけい》に見えるだけ。それなのに、口数の少ない男の静かな怒りは十年を経てもまだわたしをおびやかす。

「ここは仕事場だよ。われわれはプロなんだ。プロならプロらしく責任ある行動をしたまえ」

バーバラの頭の中で何かがはじけた。彼女はブリーフケースをおもむろにデスクの上に置いた。

「そのとおりね」落ち着いた声で言った。「よかったわ、トレヴァー、あなたからその話を持ち出してくださって。ダンもわたしも、あなたの新しいクライアントのことが心配だったの。わたしたちには会わせられないような相手なの？」

トレヴァーは滑稽なほど面くらった。彼は疑い深げにバーバラをうかがった。「変なことを言うなよ」

バーバラはため息をついた。「わかっているのよ、トレヴァー。相手はだれなの？　あなたのとり分はどのくらいなの？」

平静を欠いたためか、内心得意なのか、トレヴァーは打ち明けた。彼の話を聞くうちにバーバラは戦慄《せんりつ》をおぼえた。ハリーの手口にそっくりだ。陰険で卑劣で、しかもなお悪いことには、土地を売る人物というのが、世間知らずで人を疑うことを知らない老婦人ときている。ルイの邪魔が入るまで、侯爵夫人との取り引きにハリーは舌なめずりしていた。

そのことを思い出すと、ますます嫌悪感が募る。

バーバラは遠慮なく思ったとおりを言った。トレヴァーは怒鳴るのも忘れて荒々しく椅子に腰を下ろした。感じるところはあるらしいが、バーバラの言葉を認めようとはしなかった。

「お説教かい」彼はいやみを言った。「午前中いっぱい昔の同級生だかとコーヒーを飲んでさぼってた人が、言ってくれるじゃないか」

バーバラはトレヴァーの目を見据えた。ペピータのとり乱した顔が目に浮かぶ。それとトレヴァーのすねた態度を秤《はかり》にかければ、どちらが大事かは明瞭《めいりよう》だ。〝誠意と友情〟対〝好きでもなければ信用してもいない男のために働くつまらない人生〟。バーバラはため息をついた。ハリーがよく言うように、わたしは潔癖さゆえに失敗しそうだ。今回はサラリーウーマン生活から解放されることになりそうだわ。

バーバラは落ち着き払って言った。「午後も出かけますから。彼女に頼まれごとをしてしまって。わたし、彼女には恩があるの」トレヴァーは怒りに顔色を変えた。「受けたご恩は必ず返すことにしていますので」バーバラは受話器をとった。「ローズマリー、サヴォイ・ホテルにつないでちょうだい。ミス・マルティネスのスイートルームにね」

ロンドンにある侯爵家の屋敷は明るく美しい三日月形の広場に面し、木立に隠れるようにして建っていた。鉄の門扉を押しながら、バーバラは笑顔を消した。心臓が苦しくなってくる。優雅でありながら私邸らしく親しげに見える家に反して、ルイ・ニエヴェス・ドス・サントスは友好的ではない。優雅さという点にかけては、ずば抜けているけれど。細面の知的な顔立ち。しなやかな体つき。その気になれば感じよく振る舞えるのに、慇懃《いんぎん》すぎるのが玉に疵《きず》だ。彼のことは何もかもいやになるほどおぼえている。でも、わたしは招かれざる客でしかない。こうして裏切り者からの使者として来たのではなかったとしても。

バーバラはおそるおそる呼び鈴を鳴らし、ぴんと張った弓のように緊張して待った。が、ドアを開けた女性の淡々とした表情に拍子抜けがした。

女性はバーバラの名前にどう反応するでもなく、侯爵が在宅かどうか見てくるのでホールで待つようにと言った。発作的に震えたバーバラは、椅子に浅く腰かけ、高価な指輪を忍ばせたショルダーバッグの上で何度も指を曲げたり伸ばしたりした。かすかに吐き気もする。

やがて女性が戻ってきた。バーバラを見る目はさっきとは異なり、いくらか関心を示していた。といって、態度が丁重になったわけではない。

「あちらへどうぞ」彼女はぞんざいに言い、大理石の廊下の奥に見えるドアを示した。

バーバラは処刑室に歩む囚人のような気分で廊下を進んだ。

片側が温室になった広い部屋に出た。建築様式は湾曲したヴィクトリア朝風で円錐《えんすい》型の屋根が庭に張り出している。家の中をまっすぐ歩いていくと、家を囲む森に出たというのがバーバラの第一印象だった。しかしすぐに心臓が止まりそうになった。おとぎばなしの世界に迷いこみ、やさしいはずの〝獣〟が、噂《うわさ》どおり無慈悲だったと思い知らされた気がした。彼のやさしさは、わたしではなく別の女性のためにとっておいてあるのだろう。

バーバラは無意識のうちにショルダーバッグの肩ひもを握り、胸にしっかりと押しつけた。

太陽が燦々《さんさん》と降りそそぐ温室から、獲物をねらう獣のように男が無言で彼女を見守っていた。バーバラが緊張していることに気づき、口もとを引きしめた。見苦しい表情だった。顔の片側に、目の際から口角まで一直線に走る残酷な傷跡があり、それが陽光のもとにさらされている。たいがいの者はひと目見てたじろぐのに、バーバラは違った。

彼女は何度もこの傷を見ているからたじろがないのだ。だれよりも近くから見たことだってあるわけだし――男はそう考えて、自分を納得させた。

男はしなやかな動作で無言のまま前に出た。バーバラは細い体を緊張させて震えている。震える手の血管が透けて見える。男は眉をひそめた。しかし、短い言葉を発しただけだった。「ぼくに用だそうだが」

「はい」かぼそい声だった。

男は待った。冷ややかな鋭いまなざしで、まばたきもせずにバーバラを見据えている。

その視線に体を焼かれたような気がして、バーバラはますます震えがひどくなった。彼女は咳《せき》払いをして普段の口調をとり戻そうとした。「ペピータから頼まれてきました。ペピータ・マルティネスからです」ルイ・ニエヴェス・ドス・サントス侯爵は首をかしげた。光沢のある漆黒の髪は昔と変わらない。その髪をなでたときの感触を思い出すと、ふっと寂しくなる……。バーバラはあわてて言った。「彼女の気が変わったことをお伝えに来ました」これはひどすぎる。バーバラは言い直した。「つまり、よく考えてみたら、自信がなくなったということでしょうか。つまり、あなたとの結婚はうまくいかないと結論を出したんです。彼女、恐縮しています」バーバラは気がとがめて言い足した。

彼は答えない。じっと見据えられて落ち着かなくなり、バーバラはもじもじしながらバッグから指輪の入った箱を出した。

ルイはバーバラの顔を見つめたまま箱を受けとった。二人の指が触れ合っても、彼は気にもとめていないらしい。一方バーバラは、熱湯に触れたかのような衝撃を受けた。

ルイはすぐに手を引き、指輪の箱を近くのサイドテーブルにほうり投げてぷいと視線をそらした。拷問から解放されたように、バーバラの膝から力が抜けた。彼女は床にへたりこむ前にあわてて近くの椅子に腰かけた。フランス第二帝政様式の華麗なソファに彼女が座ったのにも気づかない様子で、ルイは眉をひそめた。獰猛《どうもう》で危険な男に見えた。

長引く沈黙は恐ろしかった。バーバラはおどおどするまいと膝の上で両手を握りしめ、冷たく閉ざされた顔だけを避けて、部屋中を見まわした。侯爵の背後のマントルピースに置かれた時計が時を刻む以外に物音はしない。侯爵が口を開いたとき、バーバラは飛び上がりそうになった。

「なぜ、きみが?」しわがれた声だった。

彼はバーバラではなく、もっと前方を、ガラスの壁の中に樹木が生い茂る温室のかなたを見つめていた。何も目に入らない様子だ。エレガントな横顔だが、左側に刻まれた傷跡のせいで口もとが歪《ゆが》み、常にあざ笑っているかに見える。バーバラは震えを抑えた。「ペピータは、あなたと会わないほうが話が容易に進むと考えたようです」言葉を慎重に選んでバーバラは言った。

ルイは吠《ほ》えるように笑った。「彼女、おじけづいたってわけか」乱暴な言葉から怒りがあふれた。

「あのう……あなたが、彼女の賢明な決意を突き崩して結婚を強要するのではないかと恐れたんだと思います」指輪を手渡すときのペピータの震える手と蒼白《そうはく》な顔を思い出しながらバーバラはつぶやいた。あれには驚いたが、おかげでペピータの奇想天外な決意は正しいと納得したのだ。

ルイはさっと振り向き、あざけるような表情を見せた。「強要する?」彼は意地悪く口まねをした。「それは誘惑するってことかい? おどすとでも襲うとでも言うがいい。きれいな言い方をしてくれなくていいんだよ、バーバラ・ラム。人がぼくについてどう言っているかは知っている。しかし、ペピータはもう少しましな女だと思ったがな」バーバラに背を向け、小声で言った。「よりによってきみを使いによこさなくてもいいだろうに」

バーバラも辛辣《しんらつ》にやり返した。「わたしも同感です」

「彼女はどこだ？」

バーバラは警戒した。「会いに行くおつもりではないでしょうね。彼女との約束で……」

彼は獲物をねらう狼《おおかみ》のような笑みを浮かべた。「ぼくをペピータには近づけないと約束したのかね？」

きらめく瞳をまともに見られなくてバーバラは目をそらした。

「やっぱりそうなんだな。心ないやり方だ」

バーバラはつぶやいた。「ですから、こうしてわたしがお願いに……ペピータはとても苦しんでいますから」

「ぼくの騎士道精神に訴えるのか」懐疑的な、おもしろがってさえいるような声だ。

バーバラは恐ろしさのあまりまくしたてた。「こんなことを言える立場ではないのですが、ペピータのことも少しは考えてください。彼女と結婚なさるおつもりだったんですもの、ペピータが不幸になるのはおいやでしょう？」

ルイはバーバラを見つめ、やがて肩をすくめた。「ペピータはぼくの幸福について考えてくれているのかな？　どっちもどっちじゃないのか？」

でも、あなたは顔色も変えないし、震えてもいないわ。ペピータのようにぎりぎりのところまで追いつめられてもいない。困ってはいるようだけれど、この世の終わりに直面した顔ではない。ルイ、あなたはペピータ・マルティネスよりもあらゆる意味で強く、自信に満ちているわ。

バーバラはしっかりした口調で言った。「あなたは寛大な方でいらっしゃる」

ルイはじろりとバーバラを見た。一度として忘れたことのない不思議な緑色をした瞳。激しく鞭《むち》打たれたかのようにバーバラはあとずさった。気がつくと、彼は笑っていた。

「ぼくが寛大だって?」

「そうです」バーバラは力説した。「ペピータは、あなたと結婚すれば……あのう……おたがいに不幸になると、おたがいにふさわしい相手ではなかったと信じています。でも、彼女のお母さまは承知なさらないでしょう。ペピータはあなたにおすがりするしかないんです。彼女はとても……」

「恥じています、か?」彼はすばやく言葉をはさんだ。

バーバラが目をみはると、ルイは口もとを歪めた。

「そんな顔をするなよ。ぼくがペピータを知らないと思うのか? きみも言ったように、彼女と結婚するつもりだったんだぞ。説明されなくたって、彼女の気持くらいちゃんとわかるさ」気楽な、退屈そうにもとれる声には怒りがひそんでいた。

バーバラは恐怖心を抑え、おだやかな口調で言った。「では、かわいそうに思うお気持をいくらかでも示してください」

ルイがたじろいだ。バーバラは興味深く感じると同時に、信じがたい思いで彼を見守った。

「きみを使者に選んで正解だったな」

バーバラは黙っていた。ルイの微笑はますます歪んでいく。しかし、彼はそれ以上言わずにちょっと肩をすくめ、独特の軽快な足どりでバーバラに近づいてきた。

「ぼくにどうしてほしいんだね？」ルイはあきらめたようだ。

「結婚式を中止してください。ペピータのお母さまを説得してください。そして彼女を許してあげてほしいんです」

ルイは傷がある側の目に手を当てた。「わかったよ」疲れているような、投げやりな口調だ。

バーバラは驚いた。ルイは怒りを爆発させてわたしを責め、とがめ、おどすものと思ったのに。あまりにも彼がおだやかに承諾したのでバーバラは勢いをそがれ、様子をうかがった。ルイのやつれた顔に表情はない。指輪が入った正方形のビロードの箱を、手もつけずにじっと見下ろしている。

不意に彼は言った。「やはりだめだったか」

驚いたことにバーバラは涙ぐんでいた。が、小さく頭を振った。ルイ・ニエヴェス・ドス・サントスに同情はいらない。彼はだれを傷つけようとおかまいなく、望むままに世の中を闊歩《かっぽ》する。そんな生き方がふさわしい人間なのだ。

「ペピータと結婚する気になったのはなぜですか?」

一瞬度肝を抜かれたようだったが、すぐにルイは笑い、両手を大げさに広げてみせた。

「宿命さ」

バーバラは彼をにらみつけた。このほうが簡単だわ。同情なんて彼には必要ないし、彼も望んでいない。「ばかなことを言わないでください!」

「いや、本当だよ。ぼくは……妻を必要とした。ペピータは結婚したいとはっきり言っていた。彼女はうちの家族とぼくの立場を知っている。だから、最高の解決方法に思えたわけだ」

なんて軽率な。魚の話でもするような口ぶりにバーバラは反感を持った。でも、今ごろになって、なぜ妻を求めるの? 堂々と独身主義を通してきたのに、侯爵家を継ぐ者がぜひとも必要ということかしら。ペピータでなくてもいいわけね。彼としては今までの生き方を変えるつもりがないのだから。ルイの言葉を借りれば、ペピータは一つの解決方法――便利な道具にすぎない。ペピータに恋したとしても――わたしは一瞬そう信じたけれど――威信にかかわるからといって認めないでしょうね。

バーバラは硬い口調で言った。「用件は終わりましたので失礼します」

「嫌悪すべき出来事から足を洗えるわけだ」ルイはからかった。

バーバラは真っ赤になった。「わたしには関係のないことですから……」

ルイはじっと見つめている。バーバラは彼の顔をまともに見られなかった。

「ここへこんな形で来ておいて、関係がないはないだろう」

ああ、彼は怒っている。わたしがペピータの使者として来たのを干渉と考えている。一見平気な顔をしているが、あれは育ちのよさからくる社交的な仮面にすぎない。バーバラはひるんだ。

「わたしはペピータに頼まれて……」

「断れなくて、か」なめらかな、しかも残忍な声だった。

バーバラは思わずルイの顔を見た。長いこと追及してきた犯罪がやっと立証されたような、激怒しながらも、妙に満足している声が気になったのだ。が、醒《さ》めた緑の瞳に出合い、彼女はたじろいだ。

それを見たルイは美しい唇を歪めた。「ぼくはよほど醜いんだな」

バーバラはごくりと喉を鳴らした。ルイは無意識のうちに顔の傷跡に触れた。おなじみの動作だ。十年前も、敵対する相手を無言で見据えながら頬の傷を指でなぞるのが癖だった。わたしも一度は彼の敵対者となったことがある。

ルイがもどかしげに言った。「そんなに驚くなよ。ぼくのこの顔を嫌ってるのはきみだけじゃない」彼は間を置き、冗談ぽく続けた。「ぼくだって気になるさ。しかし、きみたちと違って、この顔と一生つきあうんだからね」

なぜか、理由はわからないが、バーバラの胸はときめいた。彼女はますます驚いた顔になった。二人の視線がからみ合う。バーバラの目は見開かれ、かすかに警戒の色を浮かべているのに対し、ルイの目はからかうような光を放っている。

バーバラは気をとり直した。「わたしが……でしゃばったまねをしたのなら、申し訳ありませんでした」彼女は静かに言った。「そんなつもりはなかったんです。人のお役に立てればと思っただけで」微笑が歪んだ。「では、これで」

「だめだ！」その声は弾丸のようにバーバラを襲った。ルイはすばやく部屋を横切り、彼女の行く手を遮るように立った。うろたえたバーバラは彼の言葉に従った。しかし心をかき乱す相手から、彼の動作の一つ一つに呼びさまされる記録から、ひたすら逃げ出したい気持だった。

彼は降りそそぐ陽光の中に立ってバーバラを見据えた。顔の傷跡にも容赦なく光は当たり、不吉な復讐《ふくしゅう》鬼にも見える。

バーバラは歯をくいしばった。ばかなことを考えるのはやめて。彼がわたしに復讐する理由があって？　仕返しするとすれば、それはわたしのほうだし、わたしは復讐なんてしたくない。過去のことにはもう触れたくない。傷の浅いうちに逃げ出すこと、わたしの望みはそれだけ。

ルイのまなざしは何かの感情に激しく燃え立っていた。どんな感情かはバーバラには見当もつかない。知りたいとも思わなかった。

「こんな時間だが、何か飲んでいきたまえ」ルイはバーバラから目を離さずに早口で言い、近くの壁のベルを押した。「お茶でいいかな？　それとも、もっと強いものにするかい？」

バーバラが答える暇もなくドアが開き、先ほどの若い女性が現れた。ルイが命令を下すと、娘は去った。バーバラは断るチャンスを失った。

ルイはバーバラにソファに座るようすすめた。

「本当にもう失礼させていただきます。仕事がありますので」

ルイが近づいてくる。バーバラは後退し、思わずソファに腰を下ろす羽目になった。ルイの背の高さを忘れていたわ。バーバラは狼狽《ろうばい》しながら思った。あの長身には威圧されてしまう。こんなに胸がどきどきするのはそのせいね。自分より大きくて強い相手から逃げるのは、動物として当然の本能だわ。

バーバラの反射的な動きを見ていながら、ルイは何も言わなかった。バーバラを見守ったまま、金色のブロケード張りのアームチェアに勢いよく座った。「久しぶりだな」不意に彼は言った。

バーバラは初めて彼の目をまっすぐに見た。「十年になります」

「十年とちょっとだ」彼は訂正した。

「あ、ええ、そうですね」

「きみはあまり変わってないね」

バーバラは心外だった。昔の面影もないほどに変わったことは鏡が語っているし、ハリー叔父もそう認めている。ペピータだって昔の子供っぽいわたしとは違うことを暗に認めていた。

ルイは微苦笑を浮かべた。「髪は短くなったし、服も体に合ってる。しかし根本は変わってないな」

バーバラは驚きのあまり遠慮を忘れた。「いいえ、変わりました。昔のわたしは髪がぼさぼさで、ポニーみたいで、あなたはそれがお嫌いでした」

ルイは眉を上げた。「ぼくが?」

バーバラは昔の恨みをこめて彼をにらんだ。「侯爵夫人におっしゃったでしょう、お屋敷ではわたしにショートパンツをはかせるなって」

ルイは一瞬あっけにとられたが、すぐにおもしろがる表情になった。バーバラを眺めまわして笑っている。「思い出したよ。しかし、嫌いだと言ったおぼえはない」

バーバラは肩をすくめた。「あまり親切にはしてくださいませんでした」

ルイは再び何を考えているのかわからないまなざしになってバーバラを見つめた。やがことがわかる。

バーバラは両手を拳《こぶし》に固めてソファに押しつけた。笑い声を聞けば、ルイも思い出した
あの侮辱の言葉は今でもひどくはっきりとおぼえている。それを言われたときの状況も。

「え？」ルイはまた笑った。「なんて言ったっけ？」

「わたしの髪についても侮辱なさったわ」口をとがらせてバーバラは言った。

て、思い当たることがあったのか、おもむろに言った。「そうだったかもしれないな」

〝きみ、モップが勝手に飛ばないようにしてくれたまえ〟あのときルイはおっとりとなじったた。二人はルイの車に乗っていた。彼が金持のプレイボーイであることを証明するような派手なオープンカーがカーブを切るごとに風向きが変わり、バーバラの長い髪はルイの
顔を鞭のように打った。彼は不本意ながら、祖母のもとを訪れたバーバラを車で送り届け
るところだった。〝子供なら子供らしく編んでおきなさい〟
「しかし、嫌いだとは言わなかったよ」ルイは念を押した。「運転するのに危険だと言っ
ただけだ」少し間を置いて続ける。「なぜ髪を切ったんだい？」
バーバラは肩をすくめた。「もう大人ですから」
たちまちルイの顔はこわばった。「確かにそうだな！」
ドアが開き、ずんぐりとした愛想のいい男が盆を手に現れた。男がだれかバーバラはす
ぐにはわからなかったが、やがて、驚きの声をあげた。「ペドロなの？」

男はほほえんだ。「はい、セニョリーナ」

ところがペドロは、かつてのようにバーバラに会えて単純に喜んでいるわけではなかった。彼は香ばしい淡い金色の紅茶を、高価な磁器についでバーバラに渡した。バーバラは、繊細な味と優雅なカップのせいで、侯爵夫人のすばらしい屋敷でいつも感じたことを思い出した――あそこでは、自分が不器用で場違いな人間だと思い知らされたものだ。

ルイはその様子に気づいたふうもなく、水を飲むように無造作にお茶を飲んだ。ごくごくと喉に流しこむ動作は焦る気持を抑えているようで、バーバラはまごついた。すぐにでも出かけたい用事があるのかしら？　だったら、なぜこんな奇妙なもてなしの儀式を強行するの？

ペドロが静かにドアを閉めて去るのを待ち、バーバラはもう一度言ってみた。「本当にもう失礼しますわ。仕事がありますので……」

「例の不動産屋か」

バーバラは驚いたが、ペピータから聞いたのだろうと考え、うなずいた。

「あそこに勤めて長いんだろう？」

「ええ、まあ」彼の口調が気に入らなくて、バーバラは冷淡に答えた。

「そこの社長とは長いつきあいなんだね？」

「今の会社を設立する以前からの同僚です」バーバラはカップをテーブルに置き、バッグを手もとに引き寄せた。

「ごちそうさまでした。では……」ルイはしつこい。

「すると、個人的な友人ではないんだね？」

「個人的？」

「家族の友人とか、たとえば、きみの叔父さんの友人とか」

「社長と叔父は一度も会ったことがありません」ルイの言葉にかぶせるようにバーバラは言い返した。

「そうか。すると、彼はきみの恋人ではないんだね？」

「なんですって……」バーバラは言葉を失った。

「きみは会社の重役だろう」

バーバラはルイをにらみつけた。「なんのための尋問ですか？　確かにわたしは重役です。会社を設立するときには手伝いましたし、役員の一人です。だからといって、トレヴァーは……」

「きみを愛人にはしなかったわけか」ルイが気どった口調であとを続けた。

バーバラは冷たくあしらった。「ずいぶん古風な言いまわしですこと」彼はわたしを懲らしめているのだろうか？　心ならずも彼の私生活に踏みこんだことへの陰険な仕返しだろうか？「あなたには関係のないことです。そちらの問題もわたしには関係ありませんし。そのことはおわびしましたわ。これ以上どうすればいいのかしら？」バーバラは憤慨と嘆願の入りまじる表情でルイを見た。

その表情をじっくりと見てから、ルイはおだやかに笑った。「償いをしなければならないかな。よし、おたがいに罰金を払うことにしよう」

バーバラは、警戒心にも似た胸のうずきを感じた。「そんなつもりで言ったんじゃ……」

「今夜、夕食につきあいたまえ」ルイはバーバラの抗議を無視した。「旧交を温めようじゃないか」

バーバラはひそかにおののいたが、断固とした口調で断った。「いいえ、けっこうです」

「こんなデリケートな問題の交渉にペピータがなぜきみをよこしたのか、まだちゃんと説明してもらってないし、彼女に対してぼくもまだ返事をしていない」ルイはおだやかに言った。

バーバラはルイを見つめ、それから離れたテーブルの上に置かれた婚約指輪の箱に目を据えて言った。「お返事する必要はないと思います」

「そうかな?」ルイは残忍な微笑を浮かべた。「ペピータは、ぼくに世間を騒がすような行動はとらせたくないはずだよ」微笑が顔に広がった。「ぼくとしてはかまわないんだが。スキャンダルだらけの人生を歩んできた身だからね」ルイは顔の傷跡を親指でたどった。

十年前の彼の姿がまたもありありと、バーバラの脳裏に浮かんだ。今回の敵はきみかとばかりに、ルイは静かにバーバラを眺めている。

「しかし、騎士道精神を発揮しないとも限らない」黙っているバーバラに彼は言った。「どうしてもと言われればね」眩惑《げんわく》的なまなざしがバーバラの瞳をとらえた。と、ルイはいきなり魅力的な笑顔を見せて言った。「今夜はぼくにつきあって、ぼくを口説き落としてごらん」

# 3

ニエヴェス・ドス・サントス侯爵とのディナーのために、バーバラはあきらめに似た気持を抱きながらも精いっぱい装いをこらした。ベッドには次々とドレスが投げられ、髪を十回以上も結い直し、やっと支度は終わった。

行く先についいては見当もつかない。ポルトガルにいたころ一緒に外出したことは一度もなく、ルイが外で人と食事を楽しむのを見かけたこともない。アルガルヴェにはレストランがたくさんあるのに、最高級の店も含め、彼はとにかく人目のある場所を避けて館《やかた》で食事をしていた。

どこに行こうとあまり目立たないようにしたい。バーバラはワードローブの中身をすべて引っぱり出し、地味でも趣味のよいドレスを探したが、満足な結果は得られなかった。

彼女が選んだのは淡い色の麻のスーツと、とちの実色のサテンの上等なブラウスだった。その組み合わせは赤っぽい栗色《くりいろ》のつややかな髪によく映えて豪華だった。鏡を見ながらバーバラは頭を振った。どこが地味なの？　まるで秋の焚《た》き火の炎のように照り輝いているわ。色のせいだけではない。顔全体が紅潮している。

きらきらと輝く大きな瞳。すっきりとアップにした髪。無防備にさらされた耳とうなじ。バーバラはトパーズのしずく型のイアリングをつけた。これで少しは洗練されて見えるだろうか。しかし、ほのかな頬の赤みと目の輝きを隠すことはできなかった。口もとの震えも抑えようがない。

バーバラは鏡に顔を近づけた。この唇の震えのせいで、わたしの気持はすっかり見透かされてしまうだろう。彼女はリップグロスをこすり落としたが、かえって唇は濃いばら色になった。

「もう、いや」

あまりにも若く傷つきやすく見える鏡の中の娘をバーバラは憎んだ。

彼女はすっかり気分を害してフラットを出た。

ルイには迎えはいらないと断ってあった。自宅の場所は秘密にしておく必要があるという気がしたのだ。そのことでひと悶着《もんちゃく》あると予想していたのに、ルイはあっさりと引き下がった。そして今、バーバラは一人で侯爵邸に向かっていた。

少し遅刻だわ。それでもバーバラは急がず、ゆっくり歩いた。普段の彼女は病的なほど時間にこだわるのだが、目的地に着きたくなかったのだ。でも、ルイは時間にこだわらないはずだ。ポルトガルでは時間の観念は重視されなかったし、侯爵夫人の周囲はことにそうだった。

ところが呼び鈴を押すより早く、侯爵みずからがドアを開け、飛びかかってきそうな勢いで詰め寄り、バーバラを驚かせた。

「どこにいたんだ？　事故か、道に迷ったのか？」

「あの……時間を間違えてしまって」腕時計に目をやりながら、バーバラは下手な言い訳をした。

ルイは自制したようだった。「少し遅れるな。まあいいだろう。その代わり、すぐ行くよ」

彼はバーバラに家の敷居もまたがせず、彼女が来た小道を戻って大型のリムジンが待つ場所へと急いだ。バーバラは複雑な気持で従った。どこへ行くにしろ侯爵自身が運転することはありえないから、車の中ではプライベートな会話はしないはずだ。

車のわきに立っていたペドロが振り向いてにっこりした。ルイはバーバラに手を貸して車に乗せ、お抱え運転手に低い声で指示を与えた。ペドロはうなずいて運転席に乗りこみ、ルイも長い脚をバーバラの横におさめた。やがて車はロンドンの市内を抜けて、夕日の中を高速道路に入った。

バーバラは隣の男を伏し目がちにうかがった。彼はすっかりくつろいでいるように見えるが、実は試練を前にして、不安で緊張している——なぜかバーバラにはそう思えた。ペピータをなんとか説得してほしいとでも言うつもりかしら？　端整な横顔を見るなりバーバラは考え直した。ルイは、幸せを得るか逃すかの瀬戸際にあっても、人にこいねがったりする男ではない。

バーバラは気持を切り換え、そのときまず頭に浮かんだことを口にした。「行く先はどこですか？」

ルイはちらりと彼女を見下ろした。「いつそれを言うかと思っていた。きみを誘拐したのかもしれないぞ。ポルトガルにさらっていくとかね」

バーバラは笑った。少しほっとした。こうした冗談にならつきあえる。「ブリストルを通って西へ向かっているのでなければ、だまされてあげますわ」

「たいした方向感覚だ。女性にしては珍しいね」

「道路標識ぐらい読めますわ」バーバラは辛辣《しんらつ》にやり返した。

ルイは笑った。「そうか、史上初の地理に強い女性に出会ったわけじゃないんだ」

バーバラは鼻であしらった。「そういうのを性差別というんです。わたしたち、どこへ行くんですか？」

ルイはちょっと笑い、今度は素直に答えた。「ディックとアランナをおぼえているかい？」

バーバラはたじろいだ。十年前、その若い夫婦はアルガルヴェで小さなホテルを経営しており、ディックはときどきバーの雑用係にバーバラを雇ってくれた。ニエヴェス・ドス・サントス侯爵を敵にまわしたらハリー自身が面倒なことになると、困惑しながらも最初に警告してくれたのもディックだ。当時のバーバラは、何を言われているのか理解できなかったけれど。

「おぼえているようだね」

座りなれない豪華な革張りのシートに腰を下ろしたバーバラは、肩をいからせた。「もちろんですわ」

「彼らは二年前にイギリスに戻って、川岸にカントリーハウス風のホテルを開いたんだ」

「盛況なんですか？」バーバラがたずねた。

「たいしたものだよ。毎晩予約でいっぱいだ。レストランが特に有名でね」

「こんな急な予約がどうしてとれたんですか？　またお金と権力にものを言わせたのかしら？」

ルイはバーバラの皮肉に怒りもせず、笑って首を振った。「株主の特権だよ。ぼくもいくらか出資したんだ。だから、いつでも便宜を図ってくれるわけさ」

「よくあることですわね」バーバラはつぶやいた。

ルイはバーバラの方に体を向け、シートの背に腕をのせた。「きみは、ぼくにサービスしてくれる連中に必ず反感を持つね」怒ってはいないが、不思議そうだ。「なぜかな？」

バーバラはルイの目をまっすぐに見た。虚を突かれた感じだ。答えなければならない、答えがわかればの話だが。

バーバラはおもむろに口を開いた。「あなたがそうされて当然と思っていらっしゃるからかしら。まったく努力なさる必要がないんですもの」

不思議な色の瞳がきらりと光った。まるで炎を前にした猫の目のように、緑色と黄色にきらめいている。ルイは首を振った。「きみはぼくを知らないな。ご指摘のとおり、必死で努力したことはないが、あの夏だけは……」彼は言葉をのみ、バーバラから顔をそむけた。二人が座るバックシートに、まるで第三者がいるように緊張している。やがて、彼は小さく笑って肩をすくめた。「とにかく、昔のことだ。あれからどうしていたのか話してくれたまえ」

バーバラは手短に語った。資格をとってきちんとした職業につくために頑張ったこと、深夜まで勉強し、貧乏と絶えず闘い、フラットを独力で借りられるまでになったこと。フラットは狭いけれど、お湯を一度に全部使ってしまったり午前三時に騒々しく帰ってきたりするルームメイトに悩まされる心配はない。ルイはバーバラの思い出話に笑いながらも、まともに学校に通えなかった長い歳月をとり戻すための苦労には感動した様子だった。

「きみは実に意志の強い人だね」それが彼の感想だった。

バーバラは笑った。「負けず嫌いなんです」

ルイは彼女を値踏みするように見た。「うん、それはわかるな。ということは、野心家なのかな？　職業的な野心はどう？」

「立派な職業につきたいんです」一瞬考えてからバーバラは答えた。「新聞に写真がのるとか、名前入りの便箋《びんせん》を持つような地位につくとか、そういうことには関心がないんです」

ルイはすぐにうなずいた。「よくわかるよ。その点はぼくも同じだ。はじめたことは最後までやりとおしたいからね」

バーバラが急いで目をやると、ルイは妙に口もとを硬くして前方を見据えていた。彼は思ったとおりを言っただけで、隠された意味はないらしい。

「きみは現状に満足しているんだね。もっと大きな、いい会社に移る気はないんだな」口ごもるバーバラにルイはたたみかけた。「そうなんだろう？」

バーバラは思い切って言った。「大きくなくてもいいけれど、もっとまともなところになら……」

ルイの眉が問いかけるように上がった。

「トレヴァーが進めている取り引きに納得のいかないものがあって」バーバラは半分自分に言い聞かせていた。「彼の仕事のやり方にはなおさら納得できないんです」

ルイはバーバラに鋭い視線を向けたが、こう言っただけだ。「むずかしいものだね」

バーバラはルイに向き直った。「セニョール、お別れしてから、そちらはいかがでした？」

「セニョール？」

ルイは再び茶化すような口調に戻り、思い出話に気軽に応じた。しかし、兄夫婦の死について語るときはまじめな口調になった。

「あの事故は本当にショックだった。甥《おい》のルイスはぼくが引きとったわけだが……」

「それが何か……？」バーバラはうながした。

車はなだらかにうねる田舎道をスピードをあげて走っていた。夕日を浴びた畑が果てしなく続き、緑のパッチワークのようできれいだ。のどかで、うららかで、この世のものとも思えない。バーバラは、非現実的な場所を浮遊しているような感覚を味わった。おたがいの信頼感が過去や未来に左右されて歪《ゆが》むことなく、時間と空間を超えて人と人とが対等に向き合える世界を。

ルイは意味深長に肩をすくめた。「引きとっただけでは解決にならなかった。それどころか新たな問題が生まれてしまったよ。ルイスもぼくの顔に耐えられないんだ」

「そんな」バーバラは心からショックを受けた。

ルイは耳障りな声で笑った。「驚くほどのことでもないさ。あれはまだ子供だ、ティーンエイジャーの仲間入りをしたばかりだからね。感情の隠し方を知らないんだ」

「気のせいじゃないかしら？」バーバラはすっかり気が動転して、大胆な発言をした。

ルイは車の外の美しい景色に目をやった。「それはありえない」暗い声で答えた。

「相手は子供なんだから、そのうち慣れると思いますけど……」

「バーバラ、彼にとって、ぼくの顔は見るに堪えないものなんだ」ルイは静かに言った。

「いつも目をそらしている。天井とか窓とか目の前の皿ばかり見つめているよ。ぼくが現れると、たちまち姿を消す。ぼくに呼ばれて書斎に来るときは、顔が青ざめてるんだ」

バーバラは無意識のうちに、膝の上で硬直しているルイの手に手を触れた。ルイがたじろいだので、すぐに手を引っこめた。

「なるべく会わないようにはしているんだ」重い口調だった。「かわいそうな子供を苦しめても仕方がないからね。しかし、ぼくもときどきは館に帰る必要があるし、そのたびに彼をよそへ行かせるわけにもいかなくてね」

バーバラは鷹《たか》のように鋭い男の横顔を見た。「お気の毒に」それしか言いようがない。

ルイは肩をすくめ、一瞬なぞめいた表情になった。傷跡のある側はバーバラからは見えない。と、突然彼女ははっとした。怪我《けが》をする前の彼は息をのむほどハンサムだったに違いない……今まで考えもしなかったけれど。まるで初めて見るようにバーバラの目はルイに吸いつけられた。頬骨から目にかけての古風な、均整のとれたライン。完璧《かんぺき》と言えるほど整った口もと。十六世紀から抜け出してきたような顔立ちは大航海時代の禁欲的なプリンスたちをしのばせる――学者にして廷臣、あるいは科学者にして詩人。そして恋人……？

バーバラは息をのんだ。よかった、ルイはこちらを見ていない。急に肌がほてり、彼女はぎごちなく身じろぎをした。車は大通りからわき道に入った。

目的地に着くまで二人は無言だった。車がホテルの私道に入ったとき、バーバラは喜びの吐息をもらした。

「もとはエドワード様式の別荘だったんだよ」とルイは説明した。「ディックが見つけてきたときは廃屋同然だったが、幸い窓ガラスは無傷で残っていた。建物は復元したものだ。気に入ると思うよ。見晴らしがこれまたすばらしいんだ」

すでに二、三台、運転手つきらしい大型の高級車が並んでいた。ポーチには煌々《こうこう》と明かりがともり、玄関のドアは開いていたが、ルイは家の横手にあるジャスミンのアーチの下を通って裏手の芝生へとバーバラを導いた。

バーバラは足を止め、息をのんだ。

「いいだろう」ルイは至極満足そうだ。

たとえようもなくすばらしい宵のひととき――夕闇《ゆうやみ》が迫る黄昏《たそがれ》どき、大気は花の香りに満ち、ほたるが飛びかう。芝生は下へ向かって三段になって川岸まで続き、最下段の芝生には鉄細工のテーブルがいくつも置かれていた。そこがカクテルアワーのための場所らしく、楽しげなざわめきが上まで聞こえてくる。

ルイはバーバラの肘に手を添えて建物から続く苔《こけ》むした小道を案内した。夢の中のようだわ……バーバラは小さなため息をもらし、魔法の時間に身をゆだねた。控えめな態度のウエイターが、柳の木の下に置かれた丸木造りのベンチを二人にすすめて、飲み物と極上のカナッペを運んできた。二人は中世の勅許状ほどもある大きなメニューに見入った。

料理が決まり、ウエイターが会釈しながら退くと、ルイは愛用の細い葉巻に火をつけた。バーバラはかわいらしい三角形のチーズパフ・ペストリーをつまんだ。ルイが上に向かってまっすぐ吐き出した葉巻の煙が、二人の頭上の澄んだ空気中を漂う。きついにおいで思い出すのはポルトガルの侯爵邸だ。ルイの書斎の独特のにおい――革や、暖炉で燃やされる薪《まき》の煙、そしてぴりっと鼻を刺激する葉巻の香りなどが入りまじったにおい。牧歌的な風景の中にいながら、バーバラは思わず体をこわばらせた。

彼女の緊張をルイはすばやく見てとった。

「寒いのか？」

バーバラは首を横に振った。

「中に入ろうか」

「いいえ」

十年前の幻影からゆっくりと抜け出して苦笑するバーバラに、ルイは眉を上げた。

「ほんとにきれいで、お食事前に中に入るなんてもったいないくらい」とバーバラは言った。「寒くたってかまわないわ」

彼女が指さすと、ルイは美しい庭と川の流れに目をやった。黄昏どき、緑色のまなざしは憂いにかげる。バーバラは空を見上げた。はるか高くダイヤモンドのような星屑《ほしくず》をちりばめた空を見つめるうちに、彼女は頭がくらくらして、自分が自分でないような気がしてきた。

「わかっていただけるかしら」バーバラはそっと言った。「うまく言えないんだけど……時間を超越したような感じがするんです」

ルイは葉巻をくゆらせている。「よくわからない」やっと返事が戻ってきた。「説明してくれないか」

「たとえば鏡の向こう側に行けたような」バーバラは考えつつ言った。「牢獄《ろうごく》から解放されたみたいな……そうだわ、思いついたことをなんでものびのびと自然に、自分の意思で行動することを許されたような感じなんです」

長い沈黙が続いた。夕闇は深まり、テラスにいる客たちの声も低いつぶやきになっている。

とうとうルイが口を開いた。「牢獄とは？」

バーバラは答えた。「単なる言葉のあやです」

ルイは微笑した。「それはわかるが……」彼はちょっとためらった。「普段のきみは自分の意思でのびのびと行動することは許されないわけか？」

つややかな髪が頬を打つほどバーバラは激しく首を振った。「そんな贅沢《ぜいたく》は許されませんわ」

張りつめた沈黙。ルイは彼女の言葉を頭の中で反芻《はんすう》しているのだろうか……やがて、口を開いた。

「きみは想像以上に変わったようだね」

バーバラはもじもじと体を動かした。今の言葉に反論したい。でも、これ以上踏みこまれたくない。が、彼女の考えはウエイターの出現によって中断された。テーブルの準備が整ったので、いつでも食事ができるという。

ルイは葉巻の火を消し、バーバラに手を差し出した。儀礼的なしぐさにバーバラはしぶしぶ従った。暗くなった坂道を、二人は手をつないで恋人たちのように上がっていった。

かつて客間と温室だった場所がレストランになっていた。客の数はテラスにいたときより増えて、ざわめきも大きい。こういう場所は初めてだわ。ふっと虚構の世界にいるように感じながら、バーバラは見渡した。奥のほうに大人数のグループがいる。男たちはディナージャケットを着、女たちはサテンのドレスに宝石をまとい、まばゆいばかりだ。ちょうど陰になった片隅の席にはテレビでよく見る顔があった。お金に糸目をつけない人々の、無造作でエレガントな雰囲気が全体を支配している。テーブルに案内されながらバーバラは微笑していた。

「笑ってるね」ルイがそっと言った。

またもバーバラは首を横に振った。ルイは魅せられたように見守った。着ているものは地味だが、髪はあちこちで光るダイヤモンドにも匹敵するほど輝いているし、はしばみ色の瞳は真っ白なテーブルクロスの上の蝋燭《ろうそく》の炎を映している。感嘆する顔にいたずらっぽさが浮かんだ。「自分のことがおかしくって」

「どうして？」

バーバラの顔に微笑が広がった。「〝舞踏会に行くのですよ、シンデレラ〟」

ルイの眉が鋭く上がった。「きみはシンデレラじゃない。自分をおとしめてはいけないよ」

彼女はまたも楽しそうに笑った。「いいえ、シンデレラです」バーバラはきっぱりと言った。「天にも昇る心地で夢にひたっているんですから、幻想をこわさないでください」

ルイは肩の力を抜いて軽く会釈してみせた。「よろしい、今夜のぼくたちはおとぎの国の住人ということにしよう」

それからのルイはバーバラを魅了しようと努めた。エレガントな彼の魅力の虜《とりこ》になって、バーバラは興奮し、ワインに酔い、ルイと笑い合った。

二人のテーブルは人目につかない片隅にあり、かたわらのガラスのドアからテラスに出ることもできた。ジャスミンとばらの濃密な芳香に包まれ、背後に高く低く聞こえる客たちの声も二人の耳には入らない。蝋燭の揺れる炎をはさんで、冴え冴《さざ》えとした緑の瞳がはしばみ色の瞳をとらえた。

バーバラは、たくましく自信に満ちた海の男に大海へ連れ出されたような気分だった。誘われるままルイの魅力に溺《おぼ》れていく自分の大胆さにはらはらしながらも、うっとりとなっていた。人の声が遠のく。醒《さ》めていながら、限りなく刺激的なこのとき、世界はわたしたち二人のもの。体が震える。寒いからではなく……。

コーヒーとブランデーを運んできたウエイターは、すぐにいなくなってしまった。しかし、そのウエイターの姿も二人の目には入らなかった。いつのまにか、バーバラは催眠術にかけられたようにルイの瞳に見入っていた。

ささやくようにルイが言う。「バーバラ」

不思議な感覚がさざなみのごとく背筋を這《は》い上がる。これは欲望……？　この人に対して欲望を抱いているというの？　ありえないことだわ。幻想よ。わたしは幻の世界を漂っているのだから。

しかし、ルイの緑の瞳には炎が燃えている。幻ではない。ルイの手がテーブルの上をこちらに向かって伸びてくる。バーバラは一瞬信じられなかったが、夢見心地で自分の手をゆだねた。その手をしっかりと握る長い指の感触。バーバラの細い指は砕けそうになり、震えた。口はからからだ。ルイが身を傾ける。

「一緒に泊まろう」切迫した声でルイが言う。「今夜ここに」

# 4

朝八時。オフィスは静まり返り、人けもない。それがバーバラにはありがたかった。前夜ロンドンに戻ってから眠れないまま、やけになって早朝の日差しもまぶしい街を会社まで歩いてきたのだった。眠れないなら働けばいい。働けばゆうべのことを思い出さずにすむかもしれない。

バーバラは、トレヴァーが残しておいた仕事の山にとりかかった。彼の権利においてわたしの働きをあてにするのは当然とはいえ、これは度を超している。でもとにかく片づけよう。働いて無駄になることはない。あっというまに彼女はすべて片づけた。

席を立ってコーヒーメーカーに近づくと、すぐ上のガラスに映る顔が目に入った。わたしじゃないみたい。ぎすぎすして、神経質で、やつれて見える。口もとはこわばっているし、目も見開かれている。コーヒーをつぎながら、手が震えていることに気づいた。めったに飲まないアルコールのせいよ……いいえ、違うわ。ゆうべ感じたこと、したことをワインのせいにはできない。わたしは酔っていたわ。でも、ルイが注文した極上のワインに酔ったのではない。

蒼白《そうはく》な顔に嫌悪のまなざしを投げ、バーバラは席に戻った。終わったことだわ……本当に、これっきりであってほしい。彼だって、もうわたしに会おうとはしないだろう。あんな別れ方をしたんですもの。それに、彼はわたしの住所を知らない。ゆうべフラットのドアを後ろ手に閉めてから、バーバラは自分にそればかり言い聞かせてきた。ルイはペドロにわたしを送らせた。彼はあのままホテルに泊まったのだろう。ルイの要望に応《こた》えて手品のように用意されたあの部屋に。思い出すだけで恥ずかしさに襲われる。バーバラはコーヒーカップを置き、両手に顔をうずめた。

考えてみれば、ああも簡単に部屋がとれたこと自体ほとんど信じがたい。でも、あのときは現実のこととは思えなかったし、一方では必然性のようなものも感じ、バーバラは疑問すら抱かなかったのだ。

ホテルのフロント係の無関心なまなざしを受けながら、二人は青い絨毯《じゅうたん》を敷きつめた階段を上がっていった。ルイがあのホテルに泊まったのは初めてではないはずだ。そして女性を伴ったことも初めてではないだろう。ちょっと考えればすぐわかることなのに、あのときわたしはしっかりと手を握られ、何も考えずにひたすらルイとともに階段を上がった。

そこはホテルのスイートルームにはとても見えないエドワード様式の部屋だった。オークの戸棚、月明かりに照らされた森を思わせる色調のカーテンは光沢のあるチンツ。ほのかな光を投げかける唯一の照明はベッドサイド・テーブルに置かれた精巧なガラス細工のランプ。ルイに抱きすくめられて目を閉じたバーバラは、まぶたの裏で飛び跳ねる炎――熱い血潮の躍動しか見えなくなった。

それからどうなるかはもちろんわかっていた。十年の時が過ぎても彼女は忘れていなかった。ずっとそこにいたかのように、バーバラはルイの腕にすっぽりとおさまった。唇が荒々しく重ねられる。やっぱり昔と同じだ。ルイが何かつぶやいている。きちんとした文章になっていないポルトガル語は、バーバラにもわからない。ルイは両手に彼女の顔をはさみ、ぼうっとしている瞳の奥をのぞきこんで名前を呼んだ。

わたし、何か言ったかしら？　言ったのに決まっている。彼にしがみついてばかりいたはずはない。だって、額や痙攣《けいれん》するまぶたや、あらわな喉に彼の唇が押し当てられる喜びに、力強い手に自分を与える喜びに、じっと耐えていられたわけはないのだから。

バーバラは椅子に座り、両手で髪をかきむしった。ああ、めくるめく歓喜の中でわたしが何を言ったのか思い出せたら。でも、とにかくわたしは抵抗しなかったはずだ。

だからルイを責めることはできない。わたしは〝いや〟とは言わなかった。それどころか全身で〝イエス〟と訴えていたのだ。

バーバラはきつく目を閉じた。思い出したくない場面が次々に、ぞっとするほど生々しく目の前に浮かんでくる。ルイの髪は乱れていた。あんな姿を見たのは初めてだ。額に落ち、目にかかる髪をもどかしげに頭を振って払いのけ、彼は顔を近づけてきた。むらなく日に焼けた彼の胸を、わたしの青白い手がさまよう。ルイは若々しく見えた。あの無防備な唇。わたしは彼のものだった。完全に彼のものだった。ルイもそれを知っていた。勝ち誇った緑の瞳がそう語っていたのだ。

でも、ためらいを見せたのはルイのほうだった。ルイは、彼の腕に身をまかせていたわたしから唇を離した。

「バーバラ……きみは……ほんとにいいのかい？」うわずった声は彼のものとは思えなかった。

バーバラはおとぎばなしの世界にひたったまま、茫然《ぼうぜん》として相手を見つめた。ほのかにきらめくバーバラの髪を、ルイは枕《まくら》の上にきれいに広げた。彼女の顔から髪を払うしぐさはやさしいけれど、落ち着きがない。彼はバーバラの視線を避けた。

「これが本当にきみの望んでいることなのか、ぼくは……知っておく必要がある」

顔の傷跡がはっきりと見えた。目尻の部分が小さく脈打っているため、傷がいっそう際立って見える。バーバラは無意識のうちに涙を浮かべた。ルイの肩がこわばった。

「なぜ？」バーバラはうろたえ、そっとたずねた。

ルイはその質問を誤解した。「ぼくはきみを誘惑するつもりはない。きみは自分のしたいようにすればいい。これはきみの自由意思によって起きたことだよ」

バーバラは彼を見つめた。ゆっくりと体が冷えていくのにルイは気がついてもくれない。「さっき、自分の意思で行動することについて話したね」彼は深く息を吸いこんだ。「それは贅沢《ぜいたく》に等しいと言っただろう。ぼくもそう思うよ。しかし、贅沢は高くつく。それをきみはわかっているのかどうか知っておきたいんだ」

バーバラの腕がルイから離れた。彼女の唇は冷えきっていた。

「何がおっしゃりたいの?」バーバラにはそれだけ言うのがやっとだった。

「きみに覚悟があるかどうかきいているんだよ。ぼくは自分の責任はとるが、人の分までは手がまわらない。バーバラ、きみはきみで決断したまえ」

これは一夜の情事だと言いたいのね。ペピータの代役としてしか、彼はわたしを求めてはいない。今度はバーバラがルイの視線を避ける番だった。彼を押しのけて、バーバラは脱ぎ捨てた衣類を探った。服が床に落ちていることすらなぜか屈辱的に感じられた。背を向けてうずくまり、服を身につけるバーバラをルイは止めもしない。

バーバラはスイートルームの小さな浴室に閉じこもった。ひげ剃《そ》り用の小さな鏡に映る顔は、淡い光の中で死人のように青白かった。冷たい水を頬と手首にたっぷりかけてもなんの効果もなく、相変わらず消耗しきった顔が鏡に映っていた。

浴室を出てみると、ルイもすでに服を着ていた。シャツのボタンははずしたまま、ネクタイもしめていない。スーツの上着はアームチェアの上にそのままあった。バーバラがそこに投げかけたのだ。

ルイは物憂いまなざしでバーバラを見た。バーバラはルイの右の耳のあたりに目を据えて、はっきりと言った。「もう帰らせてください」

「ずいぶん早く気が変わったんだね」

「さあ、どうでしょうか」きっぱりと、そして辛辣《しんらつ》に言った。「気分はもともとあまり関係ないと思います」

「そうかもしれない。しかし、理由を説明してもらえないのかな？」皮肉な口調だ。

わたしをばかにしているのだろうか？　バーバラは嫌悪に近い表情を浮かべた。「わかりきったことでしょう。贅沢は高くつくぞと注意してくださったからです」

きびしい顔が迫ってきた。「きみには危険すぎるってことか？」

バーバラは激しく首を振って否定した。「そうではなくて……それだけの価値がないからです」

彼がたじろいだような気がしたが、バーバラには確信はなかった。ルイはチンツ張りの椅子にゆっくりと腰を下ろして脚を組んだ。気どったそのポーズは、バーバラをからかうようでもあり、挑戦的でもあった。

「つまりきみは、きみの言う牢獄《ろうごく》へ引っこむわけだね？　自由なんてこわくって、かい？」おだやかにルイはからかった。

バーバラは美しい部屋を見まわし、体を震わせた。「こんなものは自由じゃないわ」彼女は確信をこめて言った。「幻想でしかないのよ。おとぎばなしの世界はもうたくさん。どんなつもりでわたしにあんなことをしたのか、あなたの気持がわからないわ。ルイ、終わりにしましょう」

「ぼくが勝手にしたっていうのかい？」ルイは考えこんだ。「そうとは思えないが。ちょっと違うんじゃないかな。あれはまさに……取りつかれたんだよ」

バーバラはルイを見つめた。

「一人の女性がいた」ルイは独り言のように言った。「ぼくはもう孤独じゃないと思えた瞬間もあった。が、そのうち彼女はとり乱して……」

ペピータのことね。バーバラは激しい苦しみに襲われた。ルイが立ち上がり、近づいてくる。嫌悪感をあらわにしてバーバラは逃げ、差し出された両手を払いのけた。

ルイはそっとささやくように、もどかしげに名前を呼んだ。「バーバラ」

なおもバーバラは拒否した。「触らないで！　気分が悪くなるわ！」

ルイはぴたりと動きを止めた。一瞬、信じられないという表情をしてから、何を思ったのか皮肉っぽいまなざしを投げた。肩をすくめ、バーバラに半ば背を向ける。「車を呼ぼう」

ペドロが静かにドアをノックしたときも、ルイはバーバラを外まで送るどころか、別れの挨拶《あいさつ》すらしなかった。暗い庭を見つめたまま、物思いにふけっていた。

ふと現実に返ったバーバラは、涙が頬を伝っているのに驚いた。怒ったように手で涙を乱暴にぬぐい、冷めたコーヒーを一気に飲んだ。

もう終わったのよ。わたしはまた牢獄に戻ってきたのよ、ルイが言ったように。限界のある仕事や、つまらない生活という牢獄に。でも、ニエヴェス・ドス・サントス侯爵からは身を守れる。彼はもうわたしに会いたくもないだろうし。

バーバラは遅く家路についた。ロンドンの地下鉄のラッシュアワーを避けるためと自分に言い訳したものの、実際はフラットに帰って一人になりたくなかったのだ。ゆうべのことを思い出したくない。会社にいれば何かしらすることはある。コーヒーのパーコレーターを洗ったっていいくらいの気分なのだから。

みじめな気持でバーバラは地下鉄に乗った。外界と隔絶されたような孤独感をおぼえた。地下鉄の騒音も遠くから聞こえるようだ。

向かい側に座る乗客の、自分を見る奇妙な目つきにもバーバラはまったく気がつかなかった。彼女のこわばった顔、見開かれた悲しげな目は、まるで死刑台に向かう人のようで、まわりの人を不安にした。

とうとう家に着いてしまった。バーバラは、〝わが家〟のある五階までうんざりするほど階段をのぼった。狭いワンルームのフラットは、古い建物の最上階にあり、もともとは画家のアトリエだったのだ。屋根の半分と壁の一方がガラス張りになっている。冬は寒くて暖房費が恐ろしく高くつくが、今の季節は夕日がいっぱいに差しこんで暖かい。

靴を脱ぎ捨て、ベッド兼用のカウチに深々と座る。顔を仰向けて夕日を浴びていると、昼間の緊張がじわじわと解けていく。バーバラは片手を上げて額にかかる髪を払いのけた。と、背後からひそやかな声がした。「きれいだ」

バーバラは息を止め、後ろを振り向こうとした。カウチから転げ落ちるようにして逃れ、威厳があるとは言えない格好でうずくまって声の主をうかがった。夕日に輝く窓を背に、男が影法師のように立っている。細く渦を巻いて漂う一条の煙。そのときバーバラはようやく独特のにおいに気づいた。十年の歳月を経てもなお記憶に残っていたことをゆうべ確認したばかりではないか。鼻孔を刺激するウッディーな香りは、バーバラの知る限り、あの細い葉巻特有のもので、ルイの書斎のカーテンにもクッションにもしみついていた。ゆうべ彼はディナーのあともこの葉巻をくゆらしていたわ、ジャケットにもシャツにも移り香が……。

バーバラは目を閉じた。「ここで何をしているの?」とささやいた。体の震えは止めようもない。彼女は両腕で自分をきつく抱きしめた。「どうやって入ったの?　どうしてここがわかったの……?」

やわらかい笑い声があがった。「ゆうべはぼくの車で帰ったくせに。ペドロから住所を聞いたんだよ」

「いったいどうして？」

影法師がゆっくりと動き、明るい場所に出た。「きみの住んでるところを見たかったんだ。きみの暮らしぶりをね」

バーバラはごくりと喉を鳴らした。「なぜそんなことを？」

二人の目が合った。獲物をねらう猫の目のように、緑の瞳が光った。「わからないかな？」

体が再び震え、バーバラは激しく首を横に振った。

ルイは硬い口調になった。「独り暮らしかどうか確かめたかった」

「そんなの言い訳にもならないわ。これは家宅侵入罪よ」バーバラはくってかかった。

ルイはいぶかしげな表情をした。「家宅侵入罪？　きみはそんなふうに思ったのか？」

バーバラは不愉快そうに笑って立ち上がり、両手を大きく広げた。

「逆の立場だったらどうかしら？　勝手に家に入られてプライバシーを侵されたら、あなたはどう思って？」

うんざりしたような、冷ややかな返事が戻ってきた。「大げさなことを！　きみはいつもそうだな。ぼくはただ、きみに係累のないことをこの目で確かめたかっただけだよ」

その問題には深入りしたくない。バーバラは彼の言葉を無視し、声をひそめて詰問した。

「わたしをおどかしてまで?」彼女は意気地なくカウチにくずおれた。ルイはそばにやってきて彼女の右手をとり、証拠物件でも調べるような態度で裏に表にと引っくり返した。

「大丈夫、きみはこわがってない」彼はひどく自信ありげに言った。

バーバラは歯をくいしばった。「そうかしら」

ルイはすばやく目を上げてバーバラの視線をとらえ、深層心理を読もうとするように見つめた。「ぼく自身をもこわがってない」

バーバラは手を引っこめ、鋭いまなざしから顔をそむけた。「分別の足りないお金持の男性に押し入られたんですもの、こわいどころかうっとりしてしまうわ」妙にうわずった声で憎まれ口をきいた。「鍵《かぎ》をこわさないでどうやって入ったの?」

ルイは肩をすくめた。「あんな古い鍵だもの、クレジットカードを使えば簡単だ」彼は眉をひそめた。「あれでは鍵の用をなさないよ」

「そのようね」バーバラの皮肉にルイはにやりと笑った。彼の笑顔は伝染するらしい。いつのまにか自分もほほえんでいるのに気がつき、バーバラは気が滅入《めい》った。

ルイ・ニエヴェス・ドス・サントスが始末に負えないのは、人を無力にしてしまうこの笑顔のせいだ。バーバラは腹が立った。ルイに抱きしめられると、彼には心から愛する女性がほかにいることを思い出してしまう。でも、哀愁の漂う笑顔を見せられれば、とても抵抗できない。バーバラは目をそらしてその魅力を無視しようとした。自然界の恵みのごとく、陽光のように人の心を温める笑顔を見てはいけない。

「きみが怒るのも当然だな」ルイはくすくす笑って認めた。バーバラも思わず顔をほころばせた。いけない、やはり彼の笑顔は危険だ。「許してくれるね？」

いくら逆らおうとしても無駄らしい。バーバラはため息をついた。「今さらどうしようもないでしょう。ただし明日は落とし格子と跳ね橋をとりつけますから」

笑うルイに、バーバラは一つしかない椅子――パイン材のロッキングチェアをすすめた。

「お座りになって、押しこみ強盗になった理由を話してください」

ルイは優雅な身のこなしですすめられるままに座り、無邪気な顔で楽しそうに椅子を揺すりはじめた。バーバラは警戒した。無邪気に見えるときのルイは油断できない。

しかし、彼の話しぶりに他意はなさそうだった。「実はフェリシアがね」

「侯爵夫人が？」バーバラは一瞬驚いた。「お祖母《ばあ》さまがどうかなさったの？」

「重病でね……」ルイは口ごもった。「ロンドンのハミルトン・クリニックに入院中なんだ」

バーバラは、ペピータも同じことを言っていたのを思い出した。「そうですってね。心配だわ」侯爵夫人は十年前、バーバラのよき友人だったのだ。

ルイは椅子を揺らしながら言った。「きみに会いたいらしいよ」

「わたしに？」

ルイは気分を害したようだ。「いけないか？　きみは彼女のお気に入りで……今もそうだが」

「でも、ずっとお会いしていないし……」バーバラはぱっと顔を赤らめた。「ハリーとわたしはあちらでは悪名が高かったはずだし」

「バーバラ」ルイは冷静に言った。「叔父さんと自分を一緒にするのはやめたほうがいいな。あの男が詐欺まがいのことをしたって、きみに責任はないよ。まして十年前のきみはろくに自分の面倒もみられない子供だったんだ。彼の面倒なんか、なおさらみられないよ」

バーバラは顔を曇らせた。ルイは知らないからそんなことを言うんだわ。ハリーによれば、彼を破産にまで追いこんだ張本人は、一獲千金をねらったわたしの父なんだもの。ルイは、どんな犠牲を払ってでも名誉を守り誠意を貫く人間だ。不正やごまかしは許せないに決まっている。そしてその不正やごまかしこそ、バーバラが生を受けたラム家の象徴なのだ。

ルイはいらだたしげだった。

「もちろん伺うわ」あわてて返事しながら、バーバラは寂しそうにほほえんだ。「あの方にはいつも、とてもかわいがっていただいたもの」

緑の瞳にいぶかるような光が宿った。「ぼくには？」

はっとしてバーバラは思い出から呼び戻された。「え？　あ……あの……」

「きみはこう言いたいんだろう？　フェリシアはきみの友達だが、ぼくは違うと」

バーバラはふっと笑った。友達ですって？　ゆうべあんなことがあったのに？　十年前も、わたしを陶酔の縁まで誘っておいて突き放し、ゆすり呼ばわりしたくせに。そんなあなたをわたしが友達と思うはずがあって？

美しい口もとがきつく結ばれ、ルイは苦々しく言った。「明日の正午にオフィスに迎えに行くよ。では」

彼は去った。

翌日バーバラは彼を待った。一時間以上も前から待っていた。緊張は刻々と高まっていく。あいにくトレヴァーは朝からずっと席についている。会社で私用の客と会うところを見られたら、また文句を言われてしまう。それだけは避けたい、せめてルイの前では。バーバラは祈った。

むなしい祈りではあった。

トレヴァーが応接エリアにいるときにルイが到着した。バーバラはやきもきしながら待っていたにもかかわらず、トレヴァーが奥のオフィスに戻ってくるまでルイが来たことに気がつかなかった。トレヴァーが怒りにまかせて乱暴に閉めたドアが、反動で跳ね返ってまた大きく開いた。

「今日は顔に傷のあるお客さんだよ、お嬢さん。最近はマフィアとつきあいがあるのかい?」トレヴァーがわめく。

バーバラは飛び上がるようにして立った。怒鳴りまくるトレヴァーの後ろに硬い表情をしたルイがいた。今の言葉が聞こえたのは明らかだ。

「トレヴァー!」バーバラは低い声で制した。

しかし、手遅れだった。ルイはすでにドア口に立ち、冷淡なまなざしでオフィスを見まわしている。彼の視線を追って、バーバラは突然、この小部屋の安っぽさを思い知らされた。サウス・ケンジントンの優雅な邸宅を知らないトレヴァーも、バーバラと同じ気持を味わったらしく、巣を守る動物のごとくに身構えた。

彼は招かれざる客の生々しい傷跡に目を据えた。「会社に人を呼ぶときは、よくよく相手に気をつけてくれよ、バーバラ」彼女を見ずにトレヴァーは言った。「わが社がギャングや殺し屋と取り引きしていると思われたくないからね」

侮辱にしては幼稚で滑稽《こっけい》だが、相手を傷つけようという気持に変わりはない。なぜかバーバラはいたたまれなくなった。高級なスーツを一分のすきもなく着こなして平然としているルイには目を向けず、代わりにトレヴァーを見やった。トレヴァーが憎かった。

「わが社があなたのような人を代表にして商売している事実自体が驚くべきことだわ」バーバラは落ち着き払って言った。

トレヴァーはあっけにとられた。ルイも彼女のすばやい応酬にびっくりしたようだった。バーバラはハンドバッグをとって、ものも言えないでいるトレヴァーを背に、傲然《ごうぜん》と言った。「では、参りましょうか」

緑の瞳がおかしそうに光り、ルイは大げさなほどうやうやしくドアを開けて彼女を通した。「おおせのとおりに」

バーバラは肩をそびやかして足早にオフィスをあとにした。自分ではなく、ルイの損なわれた顔を盗み見るいくつもの目を意識し、彼のために胸が痛んだ。あの傷には甥《おい》ですらたじろぐという。そのことについて達観していた彼の態度が忘れられない。

顔の傷によってルイがどんな思いをしているのか、バーバラは初めてはっきりと認識した。アルガルヴェでは有名人で尊敬もされているから、醜い傷跡のことなどだれも問題にしない。バーバラもとっくに意識しなくなっている。ルイ自身あの尊大さで、顔に対する他人の反応をすべてなきものにしてしまう。

しかし、本拠地を離れてロンドンにいるのでは事情は異なる。街中での好奇の目、会社でのあからさまなまなざしを見ればすぐにわかる。誇り高きルイは人々の注視を――哀れみを憎悪することだろう。

運転手つきの車が外に待っていた。ハンドルを握っているのはペドロではなかった。ルイがバーバラに手を貸して前かがみになったとき、傷跡に光が当たった。バーバラはひるみ、目をそらした。せめてわたしだけは彼を苦しませないようにしよう。

ルイはトレヴァーの粗野な態度やバーバラの意外な反撃には触れず、静かに祖母の話をはじめた。「ひどく疲れているが、きみに会うのを楽しみにしているよ。きみを病院に置いていくからね。ぼくは……いろいろと用事があるから」

「わかったわ」思いがけない発見にまだ動揺したままバーバラはつぶやいた。

病院は高級ホテル並みの快適さだった。皆が侯爵を見知っているらしく、受付をさっさと通り過ぎてエレベーターに向かう彼にだれもがほほえみかけた。傷跡に注目する者もいない。

七階で降りるとルイは言った。「ドクターが病室にいないかどうか確かめてくるからね」うなずくバーバラを残して、ルイは上品なウッドパネルのドアの一つに姿を消した。バーバラは廊下を歩きまわり、優雅な内装や教会の聖花を思わせるアルコーブの飾り花に注目した。ふと、侯爵夫人の病室のドアがちゃんと閉まっていないことに気がついた。声がもれてくる。

やわらかなポルトガル語で「……リスクは大きいわよ」と言っているのは侯爵夫人だ。それに対する返事は聞こえない。

「常に何かしら失うものはあるわ」相手を叱《しか》っているような声だった。

またも返事は聞きとれない。そして沈黙。引き返そうとしたバーバラは、よく知った声――心だけではなく体にまで記憶として刻みこまれている声の激しさに足を止めた。

「このぼくに、ほかに選択の余地がありますか？　ありませんよ」まるで何かに苦しめられているような声だ。

彼の心が傷つくのは耐えられない……。そう思った瞬間、バーバラは動揺した。わたしはどうしたの？　なぜこんな気持になるの？　ルイ・ニエヴェス・ドス・サントスはわたしのなんなの？　近いうちにロンドンから、わたしの人生から去ってしまう人なのよ。彼が傷つこうがどうしようが関係ないでしょう。問題にするのがおかしいわ。

侯爵夫人の病室のドアが開き、ルイが立っていた。驚きに見開かれたはしばみ色の瞳に、あるいは無防備な口もとに、今の気持が表れていたに違いない。ルイはせっかちに踏み出した足を止めて、バーバラを鋭く見た。

今しがたの発見と、それに伴うショックにも負けずバーバラはほほえんだが、おののく笑顔が目に入らないのは本人だけだった。ルイは口もとを硬くした。

「祖母だけだった」と彼は言った。「入ってくれたまえ」

侯爵夫人は疲れた顔をしていた。黒い瞳はバーバラの記憶にある姿よりも落ちくぼみ、やせた手は持ち上げる力もないかのようにシーツの上にのっている。しかし、客を迎える笑顔は昔のままに温かかった。

「まあ、よく来てくだすったこと！」侯爵夫人は孫息子に奇妙な警告の表情を向けた。「ルイ、コーヒーをいれてちょうだいな。テーブルの上のポットにあるわ。さあ、あなたはここに来て座って。あれからどうしていたのか聞かせてくれるわね」

バーバラは侯爵夫人の意向にそうように最大級の努力をした。むずかしいことではなかった。侯爵夫人は昔から話しやすい相手だった。やさしいし、心からの興味を示してくれる。ただ、ルイがそばにいるために新たな緊張感が生まれた。

侯爵夫人も同じように感じたのか、しばらくすると話題を変えた。

「ルイと一緒にディックたちのホテルに行ってきたんですってね。楽しかった？」

はっとすると同時に、恥ずかしさと後悔に襲われて、バーバラは赤くなった。侯爵夫人は見舞い客の青白い頰が紅に染まるのを考え深い表情で見守った。

バーバラは背後に控える鷲《わし》のような男の存在を考えないことにし、「とてもきれいなところでした」とぎごちなく言った。

「そうね。ディックとアランナはあそこを本当に魅力的なところにしたわ」

侯爵夫人はうわの空であいづちを打ち、バーバラから渋い顔をしている孫息子へと視線を走らせた。

「あの人たちのことはおぼえているでしょう。会ったの？」

「彼らは留守でしたよ」ルイがすばやく口をはさんだ。

バーバラはたじろいだ。ルイの友人である彼らがいれば、事情は違っていただろうか？もし友人たちがいたら、ルイは彼らの目を気にして、わたしとあそこに泊まることをためらっただろうか？　あの夜、彼が誘惑に屈したのは、ディックとアランナがいなかったからだろうか？

「また行けばいいわ」

侯爵夫人は慰めるように言ったが、顔は悲しみに沈んでいた。

「ルイがロンドンに長くいるようならね」

ルイは語気を強めた。「約束したでしょう。ぼくはあなたを連れて帰りますよ」

侯爵夫人はほほえんだが、目はぬれていた。「この子ったら」かわいくてならないように、彼女はルイをからかった。「自分に不可能はないと思ったりして！　なんて傲慢《ごうまん》な人でしょう！」

「傲慢？　ばかばかしい」ルイは表情も変えずにやり返した。「計画性の問題にすぎませんよ」例の魅力的な笑い声をあげる。「ぼくは計画を立てるのが得意なんです」

祖母は首を振って叱るまねをした。「それはうぬぼれですよ。世界を動かしているようなことを言わないのよ」

ルイはすばやくベッドに近づいて祖母の頬にキスした。「世界までは望みません。うちの領地だけでけっこうです」彼はいたずらっぽく言った。「ぼくはちょっと出かけてきます。では、のちほどお会いしましょう」黙って椅子に座っているバーバラが誤解してはと、いかにもわざとらしく彼はつけ加えた。「お二人とも」

# 5

ルイが病室を去るとバーバラは枷《かせ》が解かれたような解放感をおぼえた。侯爵夫人もずっと気が楽になったようだ。

「ときどきあの子のことが心配になるのよ」と夫人は言った。「世の中に正義をもたらすのが自分の義務だと思って、今度も……」しかし、夫人は首を横に振った。「お話ししても仕方がないわ。つまらないことなの。さあ、あなたのことを聞かせてちょうだい。久しぶりねえ！　あんなふうにいなくなってしまって、みんな心配したのよ。ルイは、あなたの叔父さまが無理やり連れ去ったんじゃないかって。そのうちに、あなたがロンドンへ飛んだことがわかって、叔父さまに対する疑いは晴れたけれど」夫人は少しためらった。「どうして連絡をくれなかったの？」

バーバラはうつむき、両手を握りしめた。侯爵夫人最愛の孫息子を非難するチャンスがとうとう来た。傷心を抱え、彼への復讐《ふくしゅう》に燃えていたころ、バーバラはこの日が来るのを夢にまで見た。しかし、目の前の年老いた女性に言っても無駄だろうし、つれない仕打ちにも思えた。結局当たり障りのないことを言って質問をはぐらかした。「それまでのわたしはなきものとして再出発したかったものですから」

侯爵夫人はうなずいたものの、とまどっている様子だった。生まれたときから秩序立った人生を歩んできた彼女には、絶望に直面したことも、何かから逃亡した経験もない。

「わたしがあなたを見つけたのよ」侯爵夫人は笑顔を見せた。「プエルト・バヌスに住むわたしの友人があなたの会社と関係があってね。会社の便箋《びんせん》にあなたの名前があったの」

ああ、トレヴァーの被害者にされかかっている年配の女性は侯爵夫人に違いない！　バーバラの顔が青くなったことに老婦人は気がつかなかった。

「会社あてであなたに手紙も書いたのよ。ペピータは会社に行ったそうね」

そこで、ペピータが少しばかり話題になった。

「恥ずべきことよねえ」侯爵夫人はバーバラに鋭いまなざしを向けた。「理想的な組み合わせでなかったことは確かよ。でも、あの二人、共通点はけっこうあったのに」

「そうですね」バーバラはなんとも居心地が悪かった。

「ルイはとても……がっかりしてね」

それどころではない。恋するルイが〝がっかり〟するだけですむわけがない。打ちのめされ、怒り、裏切られた腹いせに、格別に関心もない女性をベッドに連れこんだではないか。

「あの子の計画は全部だめになってしまって」バーバラの心の内を知らずに侯爵夫人は続けた。

「どんな計画ですか？」バーバラは目を上げた。

侯爵夫人はため息をついた。「あの子たちが結婚したら、わたしは館《やかた》に帰ることになっていたの。反対はしたのよ。新婚のうちは若夫婦だけで暮らすべきよね。でも、ルイは笑ってとり合わないの。あの子らしいでしょう？」

ペピータはそれで婚約を解消したの？　かつてルイの祖母がとり仕切っていた屋敷で、年老いたその祖母の世話をするのが重荷に感じられて？　そうは言わなかったが、あのときのペピータには、何か隠しているような感じはあった。

「ルイは結婚しないのかと思っていたわ」他人事のように侯爵夫人は言った。

バーバラには思いがけない言葉だった。「なぜですか……？」

「あまり人と親しくしたがらない子なの。それに、あの傷でしょう？　女性はいやがるわよ」

「そんなばかなことって」バーバラの怒りは燃え上がった。「男性としてとても魅力的な方ですわ！　みんな、あの傷についてとやかく言うのはやめていただきたいわ」

侯爵夫人はほほえんだ。まるで、ひそかに仕組んだゲームで勝利を得たような笑顔だった。バーバラはいぶかしげに見た。

「あなたの言うとおりね」侯爵夫人は満足そうだった。「あの子もいつの日か、しかるべき人に出会って、自分が魅力的な人間であると信じられるようになるといいんだけど」

その話題はそれっきりになった。

バーバラが帰ろうとして立ちかけたとき、いきなり侯爵夫人は伸び上がって彼女の両頰にキスした。

「あなたはほんとにいい子ね。せめてルイスが……」

バーバラは夫人の疲れた顔を見下ろした。「例のお子さんですね?」

侯爵夫人はため息をついた。「フェルナンドの息子よ。なかなか大変な子でね。母親が必要なのよね。ルイはあの子に対してきびしすぎたり、めちゃくちゃに甘やかしすぎたり極端な態度をとるのよ。わたしがどうにかしなければと思っても、この体でしょう。昔のあなたをよく思い出すのよ。当時のあなたと今のルイスは同じ年ごろだし、叔父さまに引きとられたことも同じでしょう」またため息をつく。「ルイスにあなたのような話し相手がいればねえ。ルイもわたしも世代が違いすぎて、話がぜんぜんかみ合わないの。ごめんなさい、とりとめのないことを言ってしまって」侯爵夫人は早々に切り上げて、もとの快活さをとり戻した。「ほんとにあなたと再会できてよかったわ。近いうちにまたいらしてね」声が低くなった。「ここには長くいることになりそうよ」

お気の毒に。バーバラはやせ細った手をとって元気づけた。「必ず参ります」

ルイが外で待っているかもしれないと思ったが、並木道には駐車中の車が並ぶだけで人影はなかった。バーバラはゆっくりと地下鉄の駅へ歩きはじめた。トレヴァーは怒るだろう。でも、かまわない。これを機にトレヴァーのもとを離れよう。

このところ彼の仕事の進め方に対して不満を抱いていたが、事情はさらに変わってきた。今日のルイに対する残酷な態度。あれでもうトレヴァーの顔を見るのもいやになってしまった。悩むまでもなくバーバラは決断を下した。あの悪意に満ちた一瞬のうちに、トレヴァーはバーバラという大事な働き手を失ったのだ。

気が楽にはなったものの、心から安心できたわけではない。次の仕事は簡単には見つからないだろうし、この前のハリー叔父の来訪で、非常時用の貯金も底をついている。でも、ここでくじけては一大決心をした意味がない。会社に戻る途中、バーバラは二、三軒の職業紹介所に寄って求職の登録をした。

その夜ルイは、バーバラが会社から出てくるのを待ち構えていた。バーバラが現れて鍵《かぎ》を閉めようとすると、彼女に近寄った。彼の手が腕に置かれたとき、バーバラは一瞬目をつむったが、驚きはしなかった。

「車でお送りしますよ」ルイは笑いをこらえ、低い声で言った。「バロンズ・コートをお通りになります？」

バーバラはため息をついた。

ルイはバーバラから鍵とブリーフケースをとり上げた。「ケンジントン経由でお帰りなさい。冷えたシャンパンがありますよ。働いたあとの一杯には抵抗できないでしょう」

バーバラは笑った。「おっしゃるとおりかも」あきらめたように彼女は言った。「おとなしくお供しますわ」

ルイがハンドドルを握った。白い邸宅は無人らしく、二人の靴音が妙に高く響いた。ルイは鍵を開けてバーバラの先に立って廊下を進んだ。

「入って」いきなりルイは言った。

彼は急に礼儀正しくなくなり、楽しそうでもなくなった。敵の品定めをするような目つきでバーバラを見ている。ひどく深刻な顔だった。

案内された場所は小さな居間で、椅子が二脚と大きなデスクが置いてあり、いたるところに本があった。窓から入る月の光や、秋らしい色のカーテンをのぞけば、アルガルヴェにある館のルイの書斎のロンドン版と言えるが、もちろん館よりはるかに狭く、荘重でもない。しかし、雑然とした感じや独自の想念を追求する強い個性が現れている点はそっくりだ。バーバラは本能的に体を硬くした。

ルイは身振りで椅子をすすめたが、バーバラは無視した。すると彼は肩をすくめ、ものがいっぱいのっているデスクの端に座り、両手に視線を落とした。

「すぐ終わるよ」堅苦しい口調だった。「手間はとらせないから」

悪い予感を振り払おうと努めながらバーバラはルイを見つめた。「何かしら？」

ルイは顔を上げた。が、またも組んだ膝の上に置いた手に目を落とした。

「結婚してくれないか」冷静な声だった。

バーバラは息をのんだ。

しばらく沈黙があり、ルイがつぶやいた。「意外な展開だろう？」

あたりまえだわ。バーバラは怒りに頬を染めた。まして、あの夜のあなたの恥ずべき振る舞いを考えれば。バーバラは深く息を吸いこんだ。

ルイが先に口を開いた。「そんなこわい顔で突っ立っているのはやめてくれないかな」と彼は文句をつけた。「意欲をそがれる」

バーバラはにらみつけた。「望むところだわ！」

ルイは傷ついたような笑顔を見せた。「意地悪を言うなよ」責めるように続ける。「とても緊張しているんだから」

バーバラは鼻で笑った。権力と、忌ま忌ましい魅力を武器にして攻撃するつもりかもしれないけれど、わたしは負けませんからね。椅子に座るようにと再度すすめる手を無視して、バーバラはルイの目をまっすぐに見た。「何をたくらんでいるの？」

ルイの笑顔が硬直した。一瞬、曖昧《あいまい》な目つきをしてため息をついた。今のルイは演技をしていないとバーバラは即座に感じとった。戦利品をもてあそぶ略奪者ではなく、苦悩する男がそこにいた。そんな姿に本人は気づいているのかどうか。彼はバーバラに向かって話すつもりだったのだろうが、実際は自分自身に語りかけていた。

「フェリシアの容体が悪化している。いつ見てもやつれていて、ひどく悲しそうなんだ。ルイスのことが心配なんだよ。そして自分が異国で死ぬんじゃないかってことも」ルイは黒髪に手を走らせた。悩み疲れた姿を見て、バーバラは闘争心を忘れた。「今朝担当医から、もう彼女の好きにさせたほうがいい、ポルトガルに帰すべきだと言われてね。しかしそれには」突然ルイは拳《こぶし》をてのひらに打ちつけていらだちをあらわにした。バーバラは驚いた。「あそこをとり仕切る人間が必要なんだ。ルイスを監督する人間もね」

「ペピータが……」とバーバラは言いかけた。

「ペピータはすでに結論を出した」ルイがすばやく言った。「ぼくとしては残念だが、もうやり直しはできない」

「それで新たに主婦が必要だというわけね」バーバラはルイの代わりに結論を述べた。

「ぼくは……」ルイは口ごもった。「そのとおりだ」彼はやっと答えてバーバラを見守った。

バーバラは顔をそむけた。ルイのまなざしを意識しながら、痛ましく緊張した自分の姿には気づいていない。

ルイはやさしく、心の奥からしぼり出すような声でバーバラの名を呼んだ。彼は近づいてくる——そう思ってバーバラは身構えたが、ルイはデスクから動かなかった。ぞんざいなポーズをとっていたが、しっかりと組んだ両手に内心の緊張がうかがわれる。切実なまなざしでバーバラを見つめている。

　彼女は頭が混乱した。わたしと結婚したいと言い出すなんて、思いもよらなかった。いいえ、とバーバラは訂正した。彼は心から望んでいるわけではない。でも、便宜上の結婚にしても、わたしを相手に選ぶなんて意外だ。わたしの生いたちや好ましくない家族関係、それにうさんくさい雇い主のもとで働いていることまで知っているくせに。わたしにアルガルヴェの館のような大所帯を切りまわしたり、ドレスを着こなしたりできるはずがないこともわかっているはずだ。お客や使用人たちにどう接すればいいかすら、わたしには見当もつかない。その上、思春期を迎えようとしている男の子の養育という問題もある。

「わたしが主婦役では、侯爵夫人をはらはらさせるばかりだわ」とバーバラは言った。「安心させるどころか、心配の種を増やすだけじゃない？」

　ルイはじっとしたまま動かない。「それはありうるね」やっと彼は認めた。

　バーバラは失望感に襲われた。どういうこと？　本当は彼と結婚したいの？　ルイとの結婚生活を思い浮かべただけで、わたしはわくわくしていたのだ。そんな自分自身と闘いながらバーバラは必死の思いで言った。「わたし、これまで自分の面倒しかみたことがないのよ」

「それだけでも大変なことだったじゃないか」

思いがけない意見にバーバラは沈黙した。やさしい声をかけられて、混乱していた脳の働きが停止した。ルイはバーバラを見つめている。残酷な傷跡がはっきりと見える。

「これからはぼくがきみの面倒をみるよ」それは誓いの言葉のように響いた。

バーバラは感動した。同時に脳も再び機能しはじめ、彼女はまたもや動揺した。

ルイが大きなため息をついた。「少なくとも考えてくれているようだね」いつもの皮肉な声に戻っている。バーバラは驚いた。「どう言えばきみの決心をうながせるのかな?」

「お話は十分すぎるほどうかがったわ」バーバラはそっけなく言った。

「そうだな」ルイは怒りと自嘲《じちょう》を含んだ口調で認めた。

一瞬ののち彼の言葉を理解し、バーバラは真っ赤になると同時に、そんな自分を憎んだ。なんてばかな女だと思われてしまっただろう!

バーバラはしどろもどろに言った。「わたし……侯爵夫人は大好きだし……本当にお気の毒だと思うわ。お力になりたい気持は山々だけど……」

ルイは黙ったままだった。助け船を出さずにバーバラを見守っている。

「ほかに方法はないのかしら?」バーバラは情けない声で言った。「そうだわ、家政婦としてなら……」

押し殺した声でルイが言った。「きみにはわからないのか?　ぼくが必要としているのは責任者だ。つまり……一家の主婦なんだよ」

バーバラは大きく息を吸いこんだ。「だったら、なぜわたしを愛人のように扱おうとなさったの？」やっと聞きとれるほどの声で言った。

長い沈黙が漂った。バーバラはルイを見ることができなかった。

ルイがおもむろに口を開いた。「ぼくの望みが矛盾するとは思わないな」

バーバラは信じがたい面持ちで彼を見つめた。

ルイは眉をひそめた。傷跡のあるほうの頬の筋肉が痙攣《けいれん》している。彼は慎重に言葉を選んだ。「それが承諾できないことの主な理由かい？」

バーバラは喉がからからだった。こんなに困惑し、自分を頼りなく感じたことはない。

静かな部屋を沈黙が支配した。

やっと彼女は口を開いた。「もし……わたしがいやだと言ったら……」

「ぼくとベッドをともにすることがかい？」ルイは重々しく言った。「ああ、それはわかるよ」

思いがけない言葉にバーバラは目を丸くし、それから恥じらいを見せた。

「この前のきみの態度ではっきりわかったよ」バーバラはホテルで過ごした夜を思い出した。「ぼくとしては……」

「何？」今度はルイが言葉を濁したので、バーバラがうながした。

「きみは天涯孤独だ」しばらくして彼が言った。バーバラはまたも驚かされた。「そして愛情深くもある。子供は好きかい？」

バーバラはルイを見つめた。

「結婚は一生のものだよ」とルイは念を押す。「子供を産みたいとは思わない？」

「子供が必ずしも幸せになるとは限らないわ。それはわたしがいちばんよく知ってるの。不幸な人間をこれ以上増やすつもりはないわ」

ルイは疑わしそうにバーバラを見た。「本気でそう言ってるのかい？　本当に欲しくないのか？」

バーバラは首を激しく振った。

「本気ならいいが……」

「大丈夫よ」とバーバラは保証した。「子供はいりません。気が変わることもないから、それは障害にはならないわ」

ルイは疑わしげにバーバラを見て言った。「つまり、結婚してくれるのか？」

バーバラは愕然《がくぜん》となった。気がつかないうちに会話の途中から、結婚に反対することをやめていたのだ。憔悴《しょうすい》し、いつもの尊大さを失ったルイを見て、いつのまにか逆らうことを忘れてしまった。

バーバラの躊躇《ちゅうちょ》を感じとり、ルイはすばやく言った。「ぼくにはきみが必要なんだよ、バーバラ」

バーバラは長い吐息をついた。あきらめと、闘いを終えた安堵《あんど》感をおぼえていた。

「あなたと結婚します」バーバラは答えた。

ペピータに伝えなければ。彼女には、婚約指輪を無事にルイのもとに届けたことを電話で知らせたきりだ。ペピータはわたしたちの婚約のニュースをどうとるかしら……侯爵がさっそくわたしに乗り換えたと知ったら、いい気持はしないだろう。

ところがペピータはとり乱すこともなく、バーバラに鋭い目を向けた。

「ほんとにそれでいいの？　ルイはとても……強引なところがあるから、おどされたんじゃない？」

「いいえ」バーバラは正直に答えた。

「でも、あまり幸せそうには見えないわねえ」ペピータは忠告した。「カメラマンの前ではもっといい顔をしなさい。でないと、ルイは妻を殴る横暴な夫だなんて、雑誌のゴシップ欄に書かれてしまうわ」

同じようなことをルイも言った。

「ねえ、きみ」ある晩のことだ。「もうちょっと花嫁らしい顔ができないかな？」

二人が外出するため、ケンジントンの侯爵邸の階段に立ってペドロが車をまわしてくるのを待っているときのことだった。バーバラは、ルイがぜひにと言って買いそろえた新しいドレスの中の一枚を身につけていた。ほのかにきらめく緑の布地が細い腰をおおい、膝下で渦巻くように広がる。薄いストッキングに、はいたこともないほど高いヒールの靴。髪はエメラルドの髪留めでとめてある。彼女の首と手首にもエメラルドが輝く。贅《ぜい》をこらした趣味のいい装いをしているが、ルイが言うように、彼女自身は幸せそうには見えない。

バーバラは朗らかに答えた。「花嫁は昔から不安そうに見えるものよ」

ルイは眉をひそめた。「不安そうなんじゃなくて、おびえきった顔だよ。今夜は演技でもいいから、うれしそうにしてほしいな」

その言葉にバーバラは傷つき、青ざめた。が、ホテルに入るときは、あらわな肩をルイに抱かれながら無理にも笑みを浮かべた。

その夜のチャリティー・ダンスパーティーについて、バーバラは基金の目的もろくに知らなかった。儀礼的な対応の仕方、ファッショナブルな人々とのつきあい方を学んでいる最中だったが、侯爵を知る大勢の人々をまだ識別できない。

二人のテーブルは最上席で、ルイが主賓らしい。バーバラはお世辞や好奇の視線をたっぷりと浴び、カメラマンの標的にもなった。ついにルイは彼女をダンスフロアに連れ出した。バーバラのあらわな背中に置かれた手は燃えるように熱い。会場中のカメラのフラッシュがいっせいに二人に向けられて光ったようだ。

ルイはバーバラをゆったりと抱いた。かつて彼女を熱く抱きしめたことなど忘れたかのように。息をのむバーバラをルイは見下ろした。

「無視しなさい。結婚してしまえば、皆すぐに飽きるよ」

「そうじゃないの。わたしがいやなのは……」

「ひどい写真になるだろうな」バーバラの言いたいことはわかっていると言わんばかりの皮肉な口調だった。「見なければいいのさ、そんなものは」

彼はわたしの心をわざと傷つけようとしているみたい。バーバラは涙がこみ上げてきた。しかし、自尊心からルイに涙を見せまいとして顔をそむけた。「どうしてそんな意地悪を言うの？」

ルイは耳障りな笑い声をあげた。「ぼくの妻となる人は繊細だね。どうすればいい？整形手術を受けたらいいのかな？」

バーバラは立ちすくんだ。「やめて」

そのとき照明が落ちて音楽のテンポも変わり、ルイをはじめダンスフロアで踊っている男たちはパートナーを胸に引き寄せた。すると、どうしたことか、揺れ動く百組以上ものカップルに囲まれながら、バーバラはルイと二人だけになった気がした。こうして抱かれていると、ただ二人、世界の果てにいるような、永遠の安らぎを与えられたような気分になる。

ダンスが終わり、バーバラはほっと安堵の息をついた。フロアを離れるとき、ルイは茶化すようにバーバラを見ると、彼女をディックにあずけた。ディックは彼女を連れてフロアに出た。そしてジャイブを踊りながら、妻のアランナともども今度の結婚を祝福すると語った。友人である侯爵の選択には仰天したとは言わなかった。が、それは言うまでもないことだわ、とバーバラは皮肉に考えた。

ルイの友人でなくとも、そう思うのは当然だ。

「なぜ彼はきみを選んだんだい？」バーバラの元同僚のダンが、眉をひそめながら言った。「何かたくらんでいるのかな？」

バーバラがダン・レナードをルイに紹介したとき、二人の男は戦闘中の両軍の指揮官よろしく慇懃《いんぎん》に礼を交わしたのだった。

もちろんダンの問いに答えられるわけがなく、バーバラは肩をすくめてみせた。

「彼はきみに恩があるわけじゃないんだろう？」心配そうに言葉を継ぐダンをバーバラは見つめた。「例のプエルト・バヌスの土地の件だけど、老嬢の弁護士がトレヴァーに手紙をよこしたのを知ってるだろう。彼女も貴族らしいけど、親類かい？」

バーバラは暗い気持になり、ルイの祖母の言葉を思い出して答えた。「お友達よ」

「とにかくあの件で、うちの社にだれかが手紙を送ってきたんだよ。トレヴァーが持ってったきり、ぼくは見てないけどね。手書きの手紙だったたな」

　ふっと記憶がよみがえり、バーバラの頭の中で鮮明な画像を結んだ。いつかの手書きの封筒のことだ。あれは侯爵夫人がわたしにあてたものに違いない。でも、わたしの手には渡らなかった。トレヴァーはなぜ隠してしまったのだろう？　バーバラはダンにそのことを話した。

「悪意からだろう」ダンは確信をこめて言った。「ただし、罪の意識も感じてると思う」少しためらって続ける。「ぼくはトレヴァーに言ってやったよ。例の計画を進めるなら、会社を辞めるってね。それが効いたんだと思うよ。きみとぼくが二人とも辞めたら、彼だって困るもの」

「ありがとう」バーバラは胸をなで下ろした。「ハッピーエンドを期待できるとは思っていなかったわ」

　ダンは口もとを歪《ゆが》めて笑った。「きみの場合はそれを手に入れたと思いたいね。面倒なことになったら、ぼくたちのところに戻っておいでよ、いいね。きみの友人たちのところに」ちょっと口ごもってから一気に言ってのけた。「どうも気にくわないんだよな、きみを見るときの侯爵の態度がさ」

　しかし、ルイは公私ともに常に礼節を重んじる人物だった。婚約期間中、彼はバーバラを伴って何度も出かけた。レセプション、カクテルパーティー、展覧会や芝居のプレヴュー。「わたしたち、ちょっとした王族並みね」とバーバラは皮肉を言った。

ルイは肩をすくめた。「過剰宣伝さ」

「どういうこと？」とりわけたくさんの人が集まったアートギャラリーで長い夜を過ごし、侯爵邸に戻ったときのことだった。バーバラは靴を脱ぎ捨ててビロードのソファに深く腰かけた。ルイは、バーバラが自分のフラットへ帰りたいと言えば、いつでも送ってくれる。人前に出たときとは対照的に、二人だけになると、ルイは決してバーバラに触れようとしなかった。

ルイは苦笑した。「今のうちにいろんなところに顔を出しておけば、いずれ世間は興味を失う。そうなったら夫婦喧嘩《げんか》でもなんでもしようじゃないか」

バーバラは足首をゆっくりまわした。アランナとペピータが二人で選んで買ってくれた流行の靴はエレガントではあっても、はき心地がよくない。

「喧嘩？」バーバラは今ふくらはぎをなでていた。

ルイは物憂げに彼女を見守った。「たいがいの夫婦はときどき喧嘩するものだよ」

そのことを考えると胸が騒ぐ。けれど、バーバラは必死で平静を保った。「わたしたちにはありえないわね」

「ぼくたちはそこまで変人じゃないよ」とルイは皮肉った。「ぼくもきみも聖人じゃないんだから、一度か二度の喧嘩は避けられないと思うな」

バーバラは顔を上げた。「争いはいやよ、ルイ。わたし……どうしていいかわからなくなるわ」

ルイの顔からおもしろがる様子が消え、緊張と疲労だけが残った。今夜はいやに傷跡が目につく。バーバラの視線を感じたのか、ルイはいきなり姿勢を変えて無傷の横顔をバーバラに向けた。「わかったよ」あっさりと言う。「争いはなしだ。きみの手に負えないことは全部なしにしよう」

バーバラは動揺し、姿勢を正した。わたしの言い分にルイが耳を傾けたのは初めてだ。一瞬バーバラの胸に希望の灯がともった。少しはわたしのことが気になるのかもしれない。ペピータほどではないにしても、少しくらいは。しかし、けだるげに伏せられたまぶたや、皮肉で武装した顔を見て、ルイは物事を運びやすくしたにすぎないとわかった。ベッドに連れこむだけの相手を愛する必要はない。彼はそのことを疑う余地もないほど明らかにした。そんな態度に同調できないわたしにもどかしさを感じているのだろう。バーバラは落胆して、再びクッションにもたれかかった。

「展覧会の招待なんてのも、断ったほうがいいな。今夜はギャラリーからきみを担いで帰ることになるかと思ったよ」

「それこそ見ものだったわね！」話題が変わったのがバーバラにはうれしかった。ルイとの関係はこうでなくては。

ルイは苦笑した。「美女と野獣だな」

自分の容貌《ようぼう》を卑下するルイが、バーバラには痛ましく思えてならなかった。ルイの自虐的な態度には耐えられない。彼の苦悩にどう対処すればいいのかわからないままバーバラは言った。「わたしは野獣ではなくて花嫁よ」

ルイは笑いながらカーテンの開いた窓へ歩き、肩越しに軽口をたたいた。「足を引きずる花嫁か。ちゃんと歩ける靴を自分で選びなさい。でないと結婚式はおあずけだよ」

おしゃべりをして笑い合ったのち、ルイはバーバラのドレスの袖《そで》にすら触れずに、彼女をフラットへ送り届けた。

二人は結婚した。登記所で、新聞社もかぎつけるのに失敗したほど簡素な式をあげた。バーバラはアイボリーのテーラードスーツに、前夜ルイが古風なお辞儀をして捧《ささ》げてくれた真珠をつけた。侯爵夫人は病院から外出許可をもらって出席したが、フランスに滞在中のルイスは呼び戻されなかった。ディックとアランナが証人になってくれた。バーバラは、ダン・レナードを招待したかったが、彼は出張でロンドンにいなかった。新婚夫婦がポルトガルに発《た》つ前に、一同は有名ホテルのレストランでお祝いの昼食をとった。

「披露宴はフェリシアが全快してからなのね」とアランナが言った。

「きみもけっこう古風だね、アランナ!」一瞬の間を置いてからルイが気どって言った。

アランナは驚いたようだ。「あら、違うの?」

ルイは肩をすくめた。「これからのことはバーバラにすべてまかせたんだ。皆さんのご期待にそう前に、ぼくの奥さんを喜ばせなければ」

ディックとアランナがほほえんだ。理想的な夫ね、とバーバラは胸の中で皮肉った。むなしいせりふだわ。新妻がペピータであれば、ルイは本心から言ったことだろう。テーブル越しに本物の笑顔を見せて。バーバラも笑顔を返したが努力がいった。

緑の瞳が問いかけるようにきらめいた。人前ではルイは説明を求めなかったが、空港へ向かう途中、そっときいた。「さっきはどうしたんだい？」

バーバラはそっぽを向いた。ルイは観察力が鋭すぎる。「なんでもないわ」

「きみ、ぼくにはちゃんと目があるんだよ」冷ややかに言う。「きみがぼくを見なければ、ぼくにもきみが見えないと思うのか？　さっきは変だったよ。理由を知りたいね」

バーバラはため息をついた。「どうしてもとおっしゃるなら。ばかな話に聞こえるでしょうけれど、現実感がまるでなくて、それが急に恐ろしくなってしまったのよ。すべてが滞りなく……きちんと進んでいるのに……」バーバラは大きく息をついた。「むなしいのよ」

しばらく沈黙が漂い、ルイが皮肉たっぷりに言った。「これからもその状態が続くんじゃないか」

バーバラは驚き、ルイに目を走らせた。一瞬、かっとなって言い返しそうになった。

〝わたしがペピータならよかったと思っているのね〟しかし、バーバラは言葉をのみこんだ。ペピータのことを忘れ、ルイが本当に望んでいるのは自分ではないことを考えないようにすれば、この結婚は成り立つ。バーバラは突然こみ上げてきた反抗心を抑えて目を伏せた。

「ええ」静かに彼女は言った。「そうね」

## 6

静かだ。遠く谷を渡って聞こえてくるのは電動のこぎりの音だろうか。ほかに物音はない。

バーバラはうっとりと寝返りを打った。のんびりした目覚めのとき。開いた窓から差しこむ陽光はレモンの木や潮の香りがする。安らぎの中で一瞬まどろみ、目を開いた。透けるように薄い布がふんわりと周囲に舞う。四隅に柱のある天蓋《てんがい》つきのベッド。海から吹いてくる微風。けだるく手を上げて紗《しゃ》とたわむれる。そういえばロンドンのフラットで目覚めて最初にするのは、腕時計を見ることだった。伸びをして、バーバラは起き上がった。

部屋は簡素でありながら、最高の贅《ぜい》をつくしてある。象眼細工の戸棚とルイ十五世様式の椅子。昨夜、これらの高価なアンティーク家具の一つに無造作にほうっておいた衣類を見ながらバーバラは思った。わたしの生活はすっかり変わってしまった。

素足で窓まで歩き、暖かい海風に髪をなぶらせる。椰子《やし》の木や咲き誇る紅紫のブーゲンビリアが南国を思わせる。空気はスパイシーな香りがする。

これほど暮らしぶりが変わるとは想像もつかなかった。今まで頭を悩ませていた、日常の細々したことを考える必要はまったくなくなった。シャンプーやキッチン・ソルトが切れたなどという心配はすべてエレナの係だし、ボタンがとれれば村から通いで来ている娘がつけるし、ほつれたストッキングはさっさとお払い箱にできる。今までまじめに考えたことのない〝お金〟というものが、日常のささいな心配事をすべてとり去ってくれたのだ。

そして〝お金〟はわたしに何をしてくれたの……？ すばらしい景色を見渡しながらバーバラはため息をついた。ありあまる時間だ――思い出にひたったり、将来を考えて不安になったりする時間がありすぎる。

美しい家に住み、日常の心配事からは解放され、人々にかいがいしく仕えられて、太陽の恩恵に浴する生活。そうした中でいつも感じるのはつかみどころのない不安だった。なぜだろう？ 風変わりな結婚のせいだろうか？ しかし、以前あれほど気に病んでいた結婚生活は予想以上にうまくいっている。

ルイは驚くほど寛大なパートナーだったし、使用人は好意的で、農園で働く人々もバーバラを大歓迎してくれた。近隣の友人たちが新婚の二人を訪ねてきたが、十年前のバーバラをおぼえているというそぶりを見せた人は一人もいない。なのに、なぜわたしは窮屈な思いをしているのだろう……バーバラはまたもため息をついた。理由は簡単だ。

ルイはほとんど毎日バーバラとともに過ごした。彼は館《やかた》を長いこと留守にしていたので、農園に出て小作人たちや管理人と話したり、果樹園をまわって歩くのに忙しかった。その際徒歩で行くこともあれば馬に乗って行くこともあったが、どちらにしろ必ずバーバラを同行させたがるのだ。

初めのうちバーバラは決まりが悪くて仕方なかった。侯爵家の若奥さまとして挨拶《あいさつ》されるたびにどぎまぎした。しかし、だれからも敵意や軽蔑《けいべつ》を示されないのは意外だった。身構えていたバーバラに対して、エレナをはじめ皆うれしそうに、悪気のない興味を示して歓迎してくれる。

そのことをルイに言うと、彼はにっこりした。めったに彼が見せないこの笑顔には、バーバラも必ず笑顔で応《こた》えてしまう。

「みんな、一人の男にロマンチックな期待をかけているんだよ。侯爵家の当主は独身のまま一生を終わるものとあきらめていたら、妻を連れて帰ってきた。彼らにとって、これはもう昼のメロドラマさ」

バーバラは当惑した。「ペピータのことは……」

ルイの笑顔が消えた。「ペピータとはリスボンで婚約してロンドンで解消したからね。ここの連中には印象が薄いんだろう」

「わたしはテレビドラマのヒロインなのね」バーバラは皮肉を言った。

ルイは緊張を解いて笑った。「そうだよ。スターになった気分はどう？」

ルイのからかいにはいつも温かい気持にさせられる。「責任を感じるわ」

ルイは大声で笑い、バーバラの手をとった。「せりふを忘れないように気をつけたまえ」

馬から身を乗り出してバーバラの鼻の頭にキスする。

バーバラは、こうした一瞬の愛撫《あいぶ》には慣れていたので落馬せずにすんだが、息がはずみ、顔が赤らむのを隠せなかった。自分が彼女にそんな効果を与えられることがうれしいらしく、その日一日ルイは上機嫌だった。

そういえば、とバーバラは考えた。楽しそうなルイなんて見たことがなかった。ロンドンでは心痛のためか、心ここにあらずの感じだった。ペピータに失恋したせいもあるだろう。十年前の彼は疑い深くて、詐欺師まがいの連中から祖母を守るのに必死だった。屈託のないルイ、わたしの前で魅力を惜しげもなく振りまくルイを見たのは結婚してからだ。

彼の魅力には抵抗できないという話は昔から地元では有名だった。女はすべてあの笑顔の虜《とりこ》になると。それは狭い土地の神話――旧家の若い独身男性に対して抱かれた幻想だとバーバラは思っていた。だが、その神話が真実だと知った今は、彼女もルイの笑顔の虜になりそうだった。彼が求めているのはわたしではなくてペピータ、心の底ではわたしを軽蔑している――そう思っても、彼が笑いかけたり、腕白小僧のように馬を乗りまわすわたしの帽子をひょいと下げて前を見えなくしたり、わたしを馬から抱きおろす途中でわざと宙ぶらりんにしてじらしたりするとき、分別をなくしてしまいそうになる。

蝋燭《ろうそく》の火が弱くなり、テラスの上の空に星が輝きを放つころ、バーバラは冷静な顔でルイにおやすみを言うのだが、近ごろそれがむずかしくなってきた。そんな様子に気づいているのか、彼女を見るルイの眼光は鋭く、安眠を思いやる親切な声には〝何もかもわかっているよ〟とほのめかすような茶化した調子があった。

疲れているのに眠れないとき、バーバラは暑さのせいにして、優雅な寝室の海側の窓とよろい戸を開ける。それでも眠れないと、天蓋つきのベッドを囲む紗の布が閉所恐怖症を引き起こしたからだとか、ベッドが大きすぎるからだとか自分に言い聞かせる。しかしそれでも不眠の理由は解明されなかった。

ある夜バーバラが、シーツだけを体にかけ、赤くなった目を開けて何時間か横たわっていると、ドアが開いた。その音を耳にして、暑い夜のそよ風のいたずらかと思ったとき、人影を見た。

暗闇《くらやみ》よりなお暗い影がベッドの足もとに立ち、やさしくバーバラを呼んだ。

バーバラは眠ったふりをするのも忘れた。

「眠れないのか？」館の人々を起こさないように気をつかっているのか、ルイが静かにささやいた。使用人たちの部屋は離れたところにあるのに。

バーバラは汗で顔に張りついた髪を払いのけた。「暑いのよ」

ルイはベッドに座り、手の甲を彼女の頬に当てた。ひんやり冷たい。電気ショックのような感覚がバーバラを襲った。

「昼間動きすぎたのかな。それとも、太陽に当たりすぎたのかもしれない」

バーバラは首を横に振った。「それは注意しているわ。初めてこの土地に住んだわけではないもの。忘れないで」

「忘れるものか」ルイは奇妙な声で言った。

そういえば、かつてわたしたちはこの土地で争ったことがあるのだ。そのことをすっかり忘れていた。バーバラは息をのみ、気まずい沈黙を守った。

暗闇にじっと座ったままのルイはひどく大きく見えるのに、この世のものとは思えない。触れようと手を伸ばせば、手は彼の向こう側へ抜けてしまいそうだ。バーバラは震えた。断崖《だんがい》に立たされているようだ――どうやってそこまで来たのか、次はどうするのか、あるいは自分が何をしたいのかすらわからない。バーバラは息をつめた。

やっとルイが口を開いた。低い不安げな声。「きみは幸せじゃないんだね。問題はそこだな。きみはいつまでも忘れようとしないんだから」

はっとしてバーバラは体を動かした。ルイの頭も闇の中でゆっくりと動く。彼の目が光った。その目はバーバラを見守っている。

「きみを見ていればわかるさ」ルイは淡々と言った。「楽しくやっているかと思うと、次の瞬間、何かがきみの心に思い出を呼び戻し、たちまちきみは無口になる」ルイは身を乗り出した。「バーバラ、過去にこだわらないでほしい」

バーバラは目を閉じてルイの訴えを拒絶した。「無理だわ」

「十年も前のことじゃないか。いやなことや不幸なことはあったにしても、この十年間は叔父さんと離れていたんだから、もういいじゃないか。過去のために人生を台無しにする必要はない。過去に振りまわされてはいけないよ。少なくとも、ぼくは振りまわされたくない」

「笑わせないで。わたしをわずらわせているのはハリーとの生活だと思っているの？　わたしの人生におけるあなたの役まわりを忘れてしまったの？　わたしがポルトガルを去った理由には触れもせずに。わたしをこの屋敷に連れてきて面倒をみたのち、ゆすりたかりと非難したことを、書斎でわたしを腕に抱いたことを、わたしを追い払おうとお金を投げつけたことを忘れたというの？

ルイはバーバラの肩を軽く揺すった。

「返事をしてくれ！」

「そんなに簡単には忘れられないわ」とバーバラははぐらかした。

闇の中でルイは、彼女の表情を探っている。「今も会うことがあるのか？」

「ハリーのこと？」バーバラは乾いた笑い声をあげた。「ときどき、ひょっこり現れるわ」

お金をせびりにとは言わなくてもルイにはわかるだろう。これ以上さげすまれるようなことは口にしたくない。

「きみのあとを追ってここにも来るだろうか？　それを恐れているのか？」

バーバラは肩をすくめた。「かもしれないわ」

「ぼくがきみを守れないとでも思うのかい？」憤慨を抑えて言う。「彼の勝手にはさせないよ。うちの敷居は一歩もまたがせない。安心したまえ」

彼の声には冷酷な響きがあった。ハリーがルイに近づいたりしたら……バーバラは身を震わせて叔父に同情した。ハリーもそれだけはしませんように。でないと、決定的な屈辱を受けることになる。

バーバラは丁重に答えた。「それはわかっているわ」

ルイは大げさなため息をついた。「だったら、なぜ……？」

差し迫る危険を再び感じ、バーバラは喉を鳴らした。その音が暗がりの中でひどく大きく響く。

ルイがやさしく言った。「バーバラ、一生自分を鎖につないでおくことはできないよ」

自分のものとも思えない声でバーバラは言った。

「おっしゃる意味がわからないわ」

わずかに躊躇《ちゆうちよ》したのち、ルイがゆっくりと体を傾けてきたので、バーバラは息をのんだ。ルイは手の甲でそっと彼女の頬をなでた。バーバラは体をこわばらせた。かすかな愛撫に対して全身が応えている。ルイは磁石だ。おびえながらもバーバラは、目に見えない抵抗しがたい力に引きずられていく。

引きずられまいとするようにバーバラはシーツの端をつかみ、きつく目を閉じた。

ルイが言った。「きみはぼくに二つのメッセージを送っている」

バーバラは歯をくいしばった。「意味がわからないわ」

生気のない声を聞いてもうろたえず、ルイはそっと笑った。「説明してあげるよ」再び笑い声があがる。「いや、行動で示したほうがいいかな」

「何をなさるつもり？」バーバラは枕《まくら》にしがみついて叫んだ。

「きみにはわかるはずだ」ルイはぞんざいに言う。「きみが望んでいること、もしくは、望んでいないことかな。とても興味深いな。たとえば、きみは今みたいにぼくから逃げようとする。ディックとアランナのホテルでもそうだった」

バーバラは息をのんだ。が、彼女の嘆きをルイは無視した。

「かと思うと、ぼくに触れることもある。まるで、この亡霊のような結婚生活に生命を与えたいと望んでいるように」

「やめて！」バーバラは本能的に叫んだ。

「自然なことじゃないか」なだめるようにルイは言う。「きみは若く、愛情深く……魅力的なんだから」彼はそんなことを言いたいんじゃないわ。わたしの渇きを見抜き、哀れんでいるのだろうか？　彼は大人だから、わたしの気持をわたし自身より先に見抜いたのかもしれない。夫として、妻の欲望を満たしてやろうとしているの？

「やめて」声をひそめてバーバラは再び言った。考えるだけで屈辱に体が震える。

「なぜ？」ルイは緊張しているようだ。「なぜ欲望がないふりをするんだい？　きみは正常な人間なんだよ。少しも恥ずかしがる必要はない」

バーバラは身をよじってルイから逃れた。

「そうではなくて……あなたにはわからないのよ……違うわ、わたしは……」支離滅裂な言葉しか出てこない。

ルイは腹立たしいほど冷静だった。「もう議論は終わりだ」少しもとり乱した様子はなく、ルイは巧みに彼女の反論を封じた。バーバラは画家の目にさらされているような気がした。体にからまるシーツから自由になろうとして、ベッドを下りようともがく彼女を、ルイは楽々ととらえて抱きしめた。バーバラは目を閉じた。ルイの顔が近づいてくる。つぶやきが聞こえる。「いいね」

二人の心臓が同じリズムを刻んでいるようだった。バーバラは巨大な激情の渦の中に投げこまれた。ルイのキスに心まで奪われそうだ――わたしはルイのもの、ルイはわたしのもの……。

そのときバーバラは、彼の顔の傷跡が体に触れるのを感じた。どうしても忘れられない記憶が一瞬にしてよみがえる。突然十八歳のころの傷心の娘に戻ったバーバラは、身をよじってルイの抱擁から逃れ、狂ったようにベッドを離れた。

「いやよ！」彼女はむせび泣いた。「もういや……耐えられないわ！」

# 7

早朝とはいえまだ薄暗い。葡萄《ぶどう》の葉がダイヤモンドのような露を宿している。エレナも彼女の夫も眠っている。厩舎《きゅうしゃ》の番犬たちもまだ眠りの中だ。

まだ一度も自分で開けたことのないフランス窓の閂《かんぬき》をバーバラは音をたてないように苦労してはずした。続いて飾り格子の扉。それが開くときの音の大きさに立ちすくんだが、眠れる邸内に物音はなく、胸をなでおろした。

彼女は外に出た。テラスの葡萄棚の下を通り、芝生を通った。庭師たちが毎日水をやるせいか、この地の気候にしては珍しく芝生はビロードのようだ。ジーンズとスニーカーがたちまち朝露にぬれる。バーバラは果樹園の中を歩いていた。

ゆうべは眠れなかった。

身を引き裂くようにしてルイから離れたあと、彼女は絶望的な気持になった。とにかくルイから解放されたかった。鋭敏な彼はそんなバーバラの様子にすぐ気づいたが、部屋を出ていかなかった。彼女のベッドに寝そべったまま質問し、なだめすかし、話しつづけ、バーバラの頭の中に住み着いて彼女を苦しめるものについて語らせようとした。バーバラはとうとう口を開かなかったが、過去は心の中に鮮明によみがえった。ルイが寝室を出ていったあとも、過去にとりつかれて眠れなかったのだ。

日の出の時刻、バーバラは牧草地を歩いていた。ここだわ……いいえ、ルイを初めて見かけたのは厩舎よ。彼はペピータと話していた。次はディックのバーで、あの忌まわしいブライアン・ガラハーがわたしの体に腕をまわしていたとき。涼しい室内を見渡していたバーバラは、あの不思議な緑色の瞳と出合った。冷房よりも冷ややかなまなざし。彼が何者か教えてくれたのはディックだった。ルイが大変な祖母思いで、ペピータの乗馬学校の手伝いをしているイギリス人の孤児と祖母が仲よくするのを快く思っていないらしいと警告してくれたのもディックだ。

バーバラはレモンの木に寄りかかり、広がる枝の間に隠れるようにして立った。幹は手触りは悪いけれど温かい。ぴりっとした葉の香りは、いつも夢の中に出てくる。あの夜、ルイはここに倒れていたわたしを見つけてくれた。夜露の多い晩だった。

バーバラは葉のすき間からパウダーブルーの空を仰ぎ見た。涙がにじんでくる。おかしいわ、あのときも、あのあとも泣かなかったのに。

最初は何もかもハリーが原因だったのだ。叔父がブライアン・ガラハーの土地取り引きに関係し、バーバラもその事実を知ったころ、事態は間違った方向に進みはじめていた。

ハリーはガラハーから前金を受けとっていたが、その金を使い果たしてしまった。ガラハーに支払いを求められたとき、ハリーに手持ちの金はなかった。ところがいかにもハリーらしく、このプロジェクトは見込みなしなどとは考えずに、もう少し時間を、もう少し金をくれと言い出した。どんな理由によるのか、ガラハーは請われるままに応じていた。

その理由というのが周知のことだったとは。わたし以外のだれもが知っていることだったとは。思い出すだけでも屈辱を感じる。

十年前、ひょろ長い脚をした十八歳のバーバラは、いつも小さめのTシャツとショートパンツで過ごしていた。新しい服を買う余裕がなかったからだ。ろくに教育を受けなかったので、ディックとアランナの店の手伝いをしたり、馬の世話をしたり、乗馬学校の幼児クラスの生徒の面倒をみたりして収入を得たものだ。

バーバラはイギリスまでの旅費と、資格をとってちゃんとした職業につくための学費をこつこつとためていた。うさんくさい詐欺師のようなハリーの生き方は性に合わなかったし、当時、彼には同棲《どうせい》中の恋人ルイーズがいた。ルイーズは十八歳の孤児と同居するのをいやがったのだ。

あの忌まわしい出来事はハリーではなく、ルイーズが仕組んだことではないだろうか。ハリーはハリーなりに叔父としてわたしを愛してくれたし、姪《めい》がほんの子供であることも心得ていた。姪の若さあふれる魅力を借金のかたに利用しようなどとは思いもよらなかったに違いない。

　あのときハリーとルイーズは事業の出資者を募りにスペインに行ってくると言い出した。バーバラは残ってヴィラ・ブランカの管理をするよう申し渡された。一人では不安かもしれないから、友人のブライアンに数日泊まりに来てもらうと、ハリーは妙にさりげない口調で言った。

　ブライアン・ガラハーは金持の実業家で、離婚というつらい経験を味わっていた。その当時の話をよくしては、妻に裏切られたとこぼすのだった。そんな彼にバーバラは同情を感じもしたが、わがもの顔に体に腕をまわしてくるのがいやだった。しかし、はるかに年上の、しかも別れた妻のことで頭がいっぱいの男に下心があろうとは思いもよらなかった。彼女に警告する人間がいればよかったのだが。ペピータもあとになってから言ったものだ。

「てっきり、あなたも気づいていると思ったのよ。ガラハーの意図は一目瞭然《りょうぜん》だったじゃない」

「でも、どうしてなの？」

　すすり泣くバーバラに、ペピータは信じられないという顔をした。「あなたは若くて美しくて、まともに服も着ていなかったでしょう」

　そのとおりかもしれないが、十八歳のバーバラには、自分が美しいなどという意識はなかった。日焼けした長い脚も腰まで伸びたまっすぐの髪も、子供っぽくて不格好だと思っていた。魅力的な服も持っていなければ、エレガントなメイクもしなかった。手の手入れもしたことはなく、裸足《はだし》で外を駆けまわるような少女だった。侯爵は、そんな彼女を〝腕白小僧〟と呼んだが、彼女自身、まさにそういう気分だった。

思い出にひたりながらバーバラは震える息を吐いた。侯爵夫人を訪ねても、ルイは外出しているか書斎にこもっているかのどちらかで、ほとんど会ったことがなかった。しかしある日、バーバラが厩舎へ行く前にヴィラ・ブランカのテラスを掃除しているところへ、ルイが馬で通りかかった。彼女が目を上げると、馬に乗った黒い人影が見えた。塀越しにしばらくバーバラを眺めていたらしい。

「セニョリーナ・ラム？」

バーバラはうなずいた。

「よくうちの祖母を訪ねてくるそうだね」

バーバラはまたうなずいて塀に近づいた。「夫人はとても親切にしてくださいます」

「だろうな」不思議な色の瞳が彼女の上をさまよった。普段は身なりに無関心なバーバラが突然、色あせたビキニと着古した綿のTシャツではなく、もっとましな格好をしていればよかったと真剣に考えた。「その親切を利用しようとは思わないでほしい」

バーバラはぽかんとしてルイを見た。なにしろ彼女はまだ若かったので、ルイの黒い乗馬服や、顔の傷跡、そして冷たく横柄な声に圧倒された。

まるで事情を理解していない顔のバーバラに、ルイは声を荒らげた。「祖母は年寄りだが、ばかではない。ぼくもそうだ。きみの叔父さんのことは知っているよ、セニョリーナ・ラム。彼がぼくの祖母に近づくようなことがあれば、ただではすまないからな」無礼な言葉にバーバラは息をのんだ。そんな彼女に向かって、ルイは乗馬鞭《むち》で帽子のつばを押し上げ、丁重に挨拶《あいさつ》した。「おわかりいただけたようだな。では失礼」

バーバラは、ひどく傷つけられて震えた。やがて、もっとひどい傷を負うことになるとも知らず。しかし、バーバラは自衛手段を持っていなかった。侯爵夫人は変わらずやさしく彼女を迎え、本を貸してくれたり、世の中の仕組みについて教えたり、若い娘の話に耳を傾けてくれたりした。

だから、ブライアン・ガラハーが借金の返済を求めようとした忌まわしい夜、バーバラは迷うことなく館《やかた》へと走った。侯爵夫人なら助けてくれる。侯爵夫人ならわたしを守ってくれる……。

バーバラはガラハーの怒りの手を逃れてテラスに走り、ヴィラの塀をよじ登って外の荒地に飛び下りた。空気の澄んだ夜で、遠くに沿岸ハイウェイの照明が見えた。あちこちの丘にまたたく光は人家があることを告げていた。

館までのクロスカントリーは容易ではない。ましてやバーバラのように、恐怖のあまり頭が混乱した状態ではなおさら困難だったが、不可能ではなかった。刺《とげ》で切り傷をつくったり、思いがけなく低い位置にある枝に髪をとられたりしながらも、バーバラはなんとか屋敷にたどり着いた。

バーバラの目に館が見えたのとほぼ同時に犬たちが吠《ほ》えはじめた。丘を滑り下り、果樹園のあんず畑とアーモンド畑を抜けて館の裏のレモン畑に着いたときは息もたえだえで、落ちていた枝につまずいて倒れたきり、起き上がれずに激しくあえいだ。

バーバラはそこでルイに発見された。屋敷は大騒ぎになった。犬が吠え人の声がして、屋敷から次々に出てくる人々の持つ明かりが暗闇《くらやみ》に揺れる。地所内の捜索がはじまった。侯爵が果樹園に現れ、懐中電灯でバーバラを照らして叫んだ。「なんということだ！」

苦しそうに胸を上下させながらバーバラは目を上げた。懐中電灯の後ろで侯爵の影が揺れていた。

彼は懐中電灯をそっと地面に置いてバーバラを抱き上げた。ガラハーに襲われかけたことを思い出し、バーバラは恐怖の悲鳴をあげたが、無視された。

彼女は邸内で手厚い介抱を受けた。エレナがおてんばぶりを叱《しか》りながら手当てする様子を、侯爵は陰気な顔で見ていたが、やがて手を振って家政婦に去るよう命じた。

「何があったのか話してくれないかな」ドアが閉まるとすぐに彼は言った。

バーバラはみじめなほど赤くなったが、嘘《うそ》をつくつもりはなかった。

「それが……あの、叔父が留守で……」

「きみの恋人は思ったより荒っぽかったわけか」侯爵は無関心な言い方をした。

バーバラは唇をかんだ。「恋人なんていません」

「そうかね?」彼はブランデーを飲んでいた。グラス越しにむっつりとバーバラを見つめる。「それにしては、彼となれなれしくしていたじゃないか」

ガラハーのことを言っているのだ。バーバラは傷だらけの手をむやみに振りまわした。

「あの人はハリーの仕事仲間ですから、わたしもお友達としてつきあっただけです」

「今夜のようにかい?」ばかにした態度だ。「その怪我《けが》から判断すると、友達としてつきあっているとは思えないな。うちのアーモンドの木に登ってつけた傷ではないね」

恥ずかしさに顔がほてる。「はい」バーバラは素直に認めた。「わたしは説得しようとしたんです。でも……聞き入れるような人じゃなくて」声が高くなり、バーバラはいったん言葉を切って、深呼吸を、ゆっくりと数回繰り返した。「彼はお酒を飲んでいましたから」

侯爵は厩舎の少年たちが使う野卑な罵《ののし》りの言葉を口にした。バーバラは驚いて口をつぐんだ。きっと、わたしの聞き間違いだわ。だって、上品な侯爵があんな言葉を使うはずがない。

「続けて」そっけない声で彼は命じた。

バーバラには続けられなかった。極度の疲労と困惑、さらに侯爵の質問攻めで精根つき果てていた。「お願いです……これ以上は……」

エレナが丈の長い、白いローブを持って戻ってきた。「あちらの小部屋を寝られるようにしてきたわ」エレナはやさしく言った。「そのひどい服をお脱ぎなさいな」

侯爵は冷ややかなまなざしでバーバラをじろりと見た。「きみはわざと腕白小僧みたいな格好をしているのかい？」と彼はたずねた。

その声に嫌悪を感じとり、バーバラは気持がくじけそうになったが、驚いたことにエレナが味方についてくれた。家政婦も、バーバラの服装をよく思ったわけではない。が、侯爵と違って、バーバラの貧しさを知っていたらしい。

「この子はまだ子供なんですよ、ドン・ルイ」警告するようにエレナは言った。「だからときにはやんちゃもするんです。叱らないでくださいましね。自分がレディーだということをすぐ忘れてしまうんですよ」

侯爵は顔をしかめた。目のそばの皮膚が脈打つのに合わせて傷跡も引きつるように動くのを、バーバラは初めて見た。侯爵家所有のラグーンよりもなお青く冷たいまなざしが、破れたTシャツをつかのま見据えた。「これでは年齢も性別も隠しようがないじゃないか。とにかく寝かせてやってくれよ！」侯爵は息巻いて、荒々しく部屋を出ていった。

エレナは母親のように世話をやいた。あれほどやさしくされたのはバーバラにとって初めてだった。侯爵のことは気にしないでね、悩みがいろいろとおありなのよ、とエレナは言った。本気でおっしゃってるわけじゃないわ。朝になれば後悔なさるでしょうよ、とも。

　確かに翌朝、侯爵はわずかながらやさしく接してくれた。朝になって事件を知らされた侯爵夫人は、若すぎるバーバラがガラハーに言い寄られて逆上したと思いこんだ。バーバラも、あさましくもハリーが姪の若さを利用して借金を返済しようとしたことや、ガラハーが暴力にものを言わせて迫ったことなどを侯爵夫人に伝える気にはなれなかった。

「あなたがここにいることをガラハーに知らせましたよ」と侯爵夫人が告げた。「もちろん、ここにいていいのよ。その間に心をお決めなさい。心配ないわ。ルイがすべてとり計らいますからね」

　つらい一週間だった。バーバラは、自分に幸運が訪れることはあるのだろうかと疑問に思ったほどだった。が、休息し、甘やかされているうちに、心は少しずつ安定をとり戻した。そこにハリーが赤鬼のような顔でわめきながら登場したのだ。

　侯爵の書斎から大声が聞こえた。バーバラが廊下で耳を澄ましていると、エレナが不安げに侯爵夫人の部屋へと急ぎ足で向かっていった。心臓の弱い夫人を動揺させてはいけないことはだれもが承知していた。

「あなたの叔父さまよ」通りすがりにエレナは言い捨てた。

　バーバラは書斎に行った。

　ものが山積みになっているデスクの前で、ハリーが上質なカシミールシルクの絨毯《じゅうたん》を踏んで立ち、怒鳴っている。「……ヨーロッパ中の新聞だからな！」

侯爵は軽蔑《けいべつ》の表情を浮かべた。「ばかばかしい！」

「だれだっておれの話を信じるさ。女たちはあんたから顔をそむけるぜ。その顔じゃ、こわがって近寄ってもこないよ。だからおれの言うとおりに……」バーバラが戸口に立っているのを見て、ハリーは口をつぐんだ。彼は顔色をいよいよ赤黒くして、つかつかとバーバラに近寄り、丸々と太った手で彼女の手首をつかんだ。「来い！　帰るぞ」

バーバラは叔父の手を振りほどいた。

ハリーは目をみはった。姪に反抗されたのは初めてだった。「どういうことだ?」

「わたしは行かないわ！」

「ばかを言うな」彼はにべもなく言った。「おれのところ以外、行き場所はないんだぞ」

バーバラはためらった。突然ハリーが血走った目で侯爵に向き直った。

「きさま、よくも……」

「黙れ！」侯爵のひと言が蛇のごとくハリーに襲いかかった。

ハリーは動揺し、黙った。バーバラは不安そうに二人の男を見た。

彼女は叔父をなだめようとした。「ハリー、わたしのことは大丈夫よ。ほんとよ。ちゃんと連絡します。だから、お願い、どうか今日は帰って」

ハリーは侯爵を見た。「この礼はしてもらうからな」バーバラには何がなんだかさっぱりわからなかった。「必ず！」

「きみならしかねないな」侯爵はうんざりした口調で言い、ドアのそばに下がっている刺《し》繡《しゅう》をほどこした引きひもを引いて使用人を呼んだ。ドアの外に控えていたのか、たちまちペドロが現れた。「セニョール・ラムがお帰りだ。二度とお通しするなよ」鋭い声で言うと、侯爵は背を向けた。挨拶の言葉もない。

バーバラはとまどい、心を痛めた。ハリーはハリーなりにわたしにやさしくしてくれたのに……彼女はぎごちなく叔父にキスした。ハリーは一瞬ぽかんとしてから、ペドロのあとをついてよろよろと出ていった。

バーバラは咳《せき》払いをした。「あの……わたしは……」

侯爵が振り返った。「きみがどうしたって？」彼は眉を上げた。口調は冷静だが、残忍な表情を浮かべている。

バーバラはかたずをのみ、言い直した。「すみませんでした」

「謝ることはないさ」侯爵は残忍な笑顔でバーバラに近寄った。「ぼくを恐喝しようとした人間は初めてだ。おもしろい経験だったよ」

「恐喝？」バーバラはぞっとした。ハリーが取り引きの際にときどき上前をはねることは知っていたが、犯罪まで犯すことがあるとは思わなかった。

侯爵はバーバラの前に立ち、先週ひょっこりヴィラに立ち寄ったときと同じ傲岸《ごうがん》な態度で見下ろした。

「きみたちはよくこんなまねをするのかい？　それとも、これが初めてかな？」

バーバラは侯爵を見つめた。「どういうことでしょうか……？」

「とぼけるなよ、ゆすりの見習いくん」怒りを含んで微笑する目はぎらぎらと輝いている。

バーバラはあとずさりした。

「なかなか巧妙な手口だよ。お利口さんのきみなら気づいているだろうが、ぼくは祖母の気持を傷つけないためならなんだってする。しかし、恐喝には乗れないな」彼は首を横に振った。「誤算だったね、天使くん」

甘い呼びかけは侮辱のしるしだ。バーバラはうろたえた。「そんなつもりは……」

「だろうね」おだやかな口調にバーバラは震え上がった。「あることないことを種におどしをかけることが罪になるとは知らなかったんだろう。しかし、これは犯罪なんだよ」

バーバラはおびえた。「いったいなんのお話ですか？」

侯爵は妙にやさしくバーバラの額に触れた。「無邪気な人だ！」そう言ってから、彼は訂正した。「無邪気という幻想だな。そんな目で見るなよ。きみは時限爆弾なんだ。次に傷つけられるのはだれか、神のみぞ知る、だな」

侯爵はいきなりバーバラをとらえた。あの夜、果樹園で抱き上げたように。彼女はバランスを崩し、体から力が抜けてしまった気がした。

「いいかい、かわいい人、今度は人をおどすとどんな目に遭うか見せてあげよう。今まではいつも見逃してもらってたんだろう。なにしろきみは……」彼は口ごもった。「しかし今度はそうはいかないぞ」

侯爵はバーバラにキスした。やさしくもなくおだやかでもなく、彼女の幼さや精神的な動揺をいっさい無視したキスだった。彼はわたしを罰しているのだ――そう思ってバーバラはひたすら自制心にすがり耐えた。が、やがて、それだけではないと気づいた。確かに侯爵は怒っている。それは強引なキスの仕方でよくわかる。けれど、彼はバーバラを求めてもいた。罰を与えると同時に、バーバラの反応を引き出そうとしているのだ。侯爵は震えていた。

ルイは見事に復讐《ふくしゅう》を果たした――十年後の果樹園でバーバラはつらい思い出にひたった。あのころわたしはまだ若く、無知だった。その上乱暴されそうになって、恐怖のあまり逃げ出してきたばかりだったのだ。なのにルイに触れられたとき、少しも嫌悪感をおぼえなかった。もちろん彼は経験が豊富だろうけれど、それは問題ではない。当然わたしは狂ったように愛してもいなかった。にもかかわらず、一瞬恐怖を感じただけで、そのあとわたしは狂ったようにルイにしがみついていた。どうかしていたんだわ。でも、ルイの腕の中にいるときでさえ、ばかげたことをしているという意識はあった。わたしとルイには共通点がまるでない――年齢も国籍も、そして、何よりも生まれと育ちがまったく違う。それなのになぜ、わたしにふさわしい男性は彼しかいないと思ってしまうのだろう？

あのときわたしは身を守ろうとすら考えなかった。ルイはブライアン・ガラハーに劣らず力が強く、恐怖を感じたにもかかわらず。あんな感覚を味わったことはない。ルイに触れられ、なんの違和感もおぼえなかった。警戒しなければならないはずなのに、正しいことをしているという意識をぬぐい去れなかった。その意識に支えられ、わたしはいつしかルイに応《こた》えていた。

しかし、先に体を離したのはルイだった。十年前の出来事なのに、まるでゆうべのことのように思い出せる。ルイはわたしの胸にキスした。肌に押し当てられた顔の傷跡の不思議な感触。ルイが身を引いたとたん、恐ろしい喪失感に襲われた。

「興味深いな」ルイは冷ややかに言った。だが、胸はスポーツ選手のように激しく上下し、声もうわずっている。「ハリー叔父さんがこうしろと教えてくれたのか？　それとも自然におぼえたのかい？」彼は軽蔑したようにバーバラの腿にゆっくりと手を滑らせた。

彼女が大声を出すと、ルイは顔をしかめた。そしてバーバラのしなやかなやわらかい腕から逃げなければならないというように、体を引き離した。

ルイはデスクをまわり、向こう側からバーバラを見据えた。一瞬、彼は防御の構えをとったが、すぐに目を伏せてデスクの引き出しを開けた。バーバラは身なりを整えようと力なく立ち上がった。

「出ていけ」ルイが早口に言った。「きみの望みはイギリスに帰ることだろう」手に紙幣を握っていた。それをいらだたしげにデスクの上に突き出す。

バーバラは差し出されたものをぼんやりと見た。ポンド紙幣だ。彼はわたしをゆすりと呼んだ。だからお金で追い払えると思ったの？　バーバラは真っ青になった。

「さあ」ルイはとげとげしく言った。「これを持って出ていくんだ」

バーバラはそのとおりにした。ほかにどうしようもなかった。いつのまにか厩舎まで来ていた。ペピータはバーバラをひと目見るなり、怪我をした動物を扱うようにいたわった。バーバラは、館から逃げてきた理由を話さなかった。ペピータには信じてもらえないだろう。ハリーのつまらない悪事が発覚したこと、燃えるような情熱が自分の中に存在すると初めて自覚したこと、ルイにひどく拒絶された苦しみ。どれも、当事者のわたしでさえ信じられない経験だったのだから。

それから十年、当時の出来事のほとんどは遠い過去の話になっても、残酷な別れ方をしたルイとの思い出だけは忘れられない。男性と親しくなるたびに、ルイ・ニエヴェス・ドス・サントスに抱かれたときのことが思い出されてバーバラは震え上がった。しまいには男性を近づけないようにした。

それがいけなかったのかもしれない。わたしは今もあのときの苦しみにとりつかれたままだ。

朝日が昇っていく。バーバラは頬をぬらしながら木と向かい合った。苦しみが薄れないのは、ルイに魅せられているからだわ。

そのとき足音が聞こえた。バーバラはあわてて身をひそめた。果樹園をやってくるのはだれかわかっている。ルイも眠れなかったのだ。バーバラは痛ましい思いで彼の姿を見つめた。

ルイは果樹園を見渡している。乗馬ズボンをはき、カジュアルなシャツのボタンをとめているところだ。どうやら手に触れた最初のものを身につけてきたらしい。疲れているせいか、傷跡がいやに目立つ。

レモンの木の陰から歩み出たバーバラを見るなり、ルイは目を輝かせた。しかしすぐに無表情になって、両手を差し出した。「逃げなくてもいい。ぼくが……勘違いしただけだ。心配する必要はない。あんなことは二度としないから」

# 8

以後、ルイに誤解の種を与えないようにバーバラは気を配った。が、ルイは気にもとめていないらしい。昼間は今までどおりバーバラをそばに置き、夜は一族の歴史を教えたり、バックギャモンで遊んだり、バーバラのイギリス訛《なまり》のポルトガル語をからかったりして過ごした。ときおり疲れた顔をすることがあったが、働きすぎのせいだろう。夜はバーバラが寝室に上がったあと書斎にこもり、朝は彼女が起きる前からデスクについている。そのことについてある日バーバラは抗議した。

「仕事がたまってしまってね」ルイは落ち着いて答えた。「今年の夏はルイスのために方々駆けまわってすっかり時間をとられたし、続いてフェリシアが入院しただろう。だからデスクワークが山ほど残っているんだよ。むずかしい計算やら書類やらね」

「むずかしい計算って」バーバラはあきれて言った。「サッカー賭博《とばく》でもなさるの?」

ルイはすばらしい笑顔を見せた。「しないよ。だけど、あんな計算はむずかしくもなんともないと思うな。ぼくは物理学者なんだ」バーバラが目を丸くすると、ルイの顔に笑みが広がった。「ほんとだよ！　リスボンとジュネーヴの大学に非常勤の講師として勤めているのさ。だからうちにいるときは研究しなければならない」

「ここで？」バーバラは驚いた。「だって、研究室とか実験室はいらないの？」

ルイは大声で笑った。「いるに決まってるさ。ほかにも原子炉とか遠心力の装置とか……まあ、ちょっと値がはるけどね」彼は罪のない冗談を飛ばしながら説明した。「人が実験したものを、ぼくが本にするのさ」

バーバラは笑ったものの考え深げな表情をした。ルイにそんな側面があるとは知らなかった。大地主としての義務のほかに――それはたいして骨の折れる仕事ではない――実業家として働いているものと思っていた。「あるいは国際的プレイボーイとか」

二人は朝の涼しいうちに遠乗りに出かけていた。

ルイの眉が上がった。「どうしてそんなことを考えたんだい？」

「だって……」バーバラはそっぽを向いた。だって、とびきり魅力的な、上品で洗練された人ですもの。「人からそう聞いたのよ」

「ゴシップだな」ルイはおかしそうだ。「ぼくの父のことだよ、それは。あの人はなにしろカジノ・チャーリーだもの」

「なんですって？」

「カジノ・チャーリー」とルイは繰り返した。「父はカジノに入りびたりなのさ。モンテ・カルロは第二の故郷、ポロの試合には必ずご婦人連れ」ルイは思慮深く言い添えた。

「と言われているよ」

「まあ、すごい！」バーバラは好奇のまなざしをルイに向けた。彼は本当にハンサムだ。広い肩を包む真っ白なシャツが、海から吹いてくる早朝の微風にはためいている。「お父さまのあとを継ぐの？」

「ぼくはギャンブルはしない。女性に関しても……ちょっと無理だろう。なにしろ、フランケンシュタインのなりそこないだからな」

バーバラの馬が前進しはじめた。手綱をついゆるめてしまったからだ。ルイが顔の傷の話をすると、怒りと哀れみに胸がしめつけられる。バーバラは慎重にたずねた。「どうしてそんな傷を負ったの？」

ルイはたちまちよそよそしくなった。「顔の傷かい？　これは……」答えるつもりはないのだろう、とバーバラが思いかけたとき、ルイは肩をすくめて続けた。「釣りに行ったときにね……ナイフが滑ったんだ。これでも運がよかったんだよ」

「え？」

ルイはにこりともしないでバーバラを見た。「失明しないですんだからね。とにかく目は見えるわけだから。見た目は悪いが」

「いつ……いつごろのことなの？」バーバラはぞっとして、しどろもどろに言った。

「そんな顔をするなよ」

「そんな顔って？」バーバラはうろたえた。

ルイは気をとり直して質問に答えた。

「きみがここに現れるちょっと前――十二年前だな。やっぱりねって言われそうだが、あのころのぼくはプレイボーイだったかもしれない。けっこうあやまちを犯したからね」

その結果、彼は顔に傷を受けたのだろう。

「どこで？」と彼女はたずねた。

「どこって？　あ、怪我《けが》をした場所か。ここだよ。ぼくたちはボートに乗っていた」左手のほうに広がる海にルイは顔を向けた。「うちでパーティーを開いていたんだが、あれで……ぶちこわしさ」

当時のルイはすばらしかったに違いない。二十代で、若さとエネルギーにあふれ、野性的でハンサムな顔としなやかな肉体をそなえたルイ。

「あれからぼくは急に大人になったんだ」

「ごめんなさい、つまらない話を持ち出して」バーバラは涙声をごまかそうとしたが、うまくいかなかった。

ルイが荒々しく言った。「謝らなくたっていい。おかげで世間なるものについて、一生かけて学ぶべきことを、あっというまに学べたからね」

人々を嫌ったり疑ったりすることを学んだのだろう。バーバラはそろそろと口を開いた。

「だからあなたは、ここにいるときだけ幸せなの？　そうとしか思えないわ、違う？」

一瞬ルイは硬直したが、すぐに緊張を解いて言った。「そうだ」

「ロンドンでは、あなたは別人のようだったわ。ここがあなたの安心できるテリトリーなのね」

ルイはバーバラをちらりと見た。「傷ついた獣のたとえ話か」自嘲《じちょう》に満ちた声。「そのとおりだ。それをわかってくれたのはきみが初めてだよ」

バーバラは悲しくなった。だとしたら、ルイはどれほどペピータと結婚したかったことだろう。ペピータは、彼が安心して暮らせるこの土地の人なのだから。

バーバラは悲しげに、半ば自分に向かって言った。「わたしがあなたにふさわしい奥さんだったらよかったわね」

返事はなかった。二人は馬を進めた。馬たちの蹄《ひづめ》がぽくぽくと鈍い音をたて、乾燥した丘の小道に土ぼこりが舞い上がる。

やっとルイは口を開いた。「〝ふさわしい妻〟や〝正しい決定〟なんてものは信じていないんだ。人生はルイスの学校の教科書と違って、裏のページに解答が書いてあったりはしないからね。答えはわからないまま、自分なりにベストをつくすしかないよ」

残酷な言葉だ。バーバラはさらにくい下がった。「でも、本気で手に入れたいと思うものはあるでしょう？　なんでも手に入るとしたら、何がお望み？」

彼はその質問を無視するつもりなのだとバーバラが思いかけたころ、ようやくルイは答えた。「前に一度、手に入れたいと思ったもの……あるいはそれに近い感情を抱いたものがあったが、ぼくには手に入れる資格がなかった」

思わずバーバラは、横に長い平屋の建物を見つめた。あそこにはペピータが住んでいる。バーバラは唇をきつく結んだ。やっぱりルイはペピータのことでひどく傷ついたのね。そして、わたしはその傷口に塩をぬってしまった。バーバラは自責の念にかられてうなだれた。「ごめんなさい」

ルイの口もとが歪《ゆが》んだ。美しい長身の体が鞍《くら》の上でこわばったが、うつむいていたバーバラにはその様子は見えなかった。しかし、驚くほど静かな声で彼は言った。「気にするなよ。どうしようもないことがあるものさ」

その日、遠乗りから帰って以来、バーバラはルイが自分を避けているように感じた。傷跡のある顔は常にそむけられていた。

館《やかた》に戻ると、ルイスから手紙が届いていた。感情があまり表れておらず、いかにも義務的に書かれたものという印象を与えるが、潜水のレッスンについて述べている部分には生気があった。ルイは鼻を鳴らし、紅茶セットの上からバーバラに投げてよこした。「あの子は怠け者の典型だな！」

綴《つづ》り間違いのある手紙にバーバラは目を通した。「ルイスもここで暮らすんでしょう?」

ルイは慎重に答えた。「結局はそうなるが、その前に、しつけのきびしい学校に行かせたい。イギリスの学校がいいんじゃないかと思って、この前滞在中に調べてはみたんだ」

「そんなことをしたら、ルイスは、わたしのために家を追い出されたような気がしないかしら?」心配そうにバーバラは言った。

「身から出た錆《さび》だよ」ルイは冷たかった。「怠け者だし、フェリシアを死ぬほど心配させるし」

「彼が嫌いなの?」

ルイは眉をひそめた。「ぼくは子供のことはよくわからない。それに、あの子の父親は……」ルイは言葉を濁した。「子供を責めるわけにはいかないな」自分を納得させようとする口調だ。

バーバラは憂鬱《ゆううつ》な気分になったが、努めて明るい声で言ってみた。「ルイスは大きくなったら何になりたいのかしら?　侯爵かしら?」

ルイはいくらか肩の力を抜いた。「ありがたいことに違うんだ。侯爵になりたいなんて言われても困るよ。サーファーとして世界チャンピオンになるか、世界一の発明家になるか迷ってるが、どっちにしろ」ルイは悲観的に言った。「あの子にはすぎたる望みだと思うがね」

バーバラは笑い、悲観的になるのはよしましょうと言った。そのほうがいい。いずれにしろ、ルイが甥《おい》の帰郷を楽しみにしているのは明らかで、冗談半分に戦々恐々としてみせただけなのだ。

バーバラは話題の少年と空港で会った。快活でうぬぼれ屋のティーンエイジャー。きれいなブロンドと無防備な表情。しかし、少年は叔父の顔を正視できなかった。ルイから聞かされてはいたものの、その光景を目のあたりにして、バーバラはショックを受けた。

気の毒なのはルイだ。甥に何を話しかけてもまともな返事を得られない。ルイは癇癪《かんしゃく》を起こすし、ルイスはもじもじするばかりで、話はちっとも進まない。バーバラは調停を試みるのだが、たいして効果はなかった。

けれどバーバラとルイスはけっこう気が合った。少年は、ルイがやせたことを率直に指摘してバーバラの注意をうながした。叔父の顔は見られなくても、まったく無関心というわけでもないらしい。

「ルイ叔父さんはかなり疲れてるんじゃないの?」ある日、テニスのあとでルイスが何げなく言った。「結婚って疲れるものなの?」

ルイの健康についてはバーバラも気にかけていたのだ。今のルイは上品な骨格があらわになるほど肉が落ち、意志のみで生きているようだ。ペピータに失恋したせいに違いない。ルイのこととなると、バーバラは直感が働くのだ。たとえば、いやな気分になったとき、ルイはなんとしても笑うように努力する。それでもバーバラには彼の本心がわかってしまう。今の彼がまさにそういう状態で、バーバラは見るのがつらかった。しかしルイスまで、そんなルイに気がつくとは思わなかった。

バーバラはできるだけ明るく振る舞った。「あの人は根っからの独身主義者なのかしらね」

少年のまじめな目つきに、バーバラはルイスが見かけほど子供ではないことを知った。彼は、心配しているのだ。

「違うと思うよ。ぼくの両親は……叔父さんが結婚できるはずはないって、いつも言ってたけど」

親が子供の前でそんなことを言うなんて、おかしいわ。でも、それをこの子がおぼえているなんて、なお不思議だ。バーバラはルイスに好奇の目を向けた。ルイスは思い出したくなさそうだった。

「だって叔父さんは、顔にすごい傷があるでしょう」ルイスは何げない口調で言おうとするのだが、かわいそうなほどおびえた声になるばかりだった。「ぼくのお父さんがあの傷をつけたんだよね」

バーバラはぞっとして、思わず頬を押さえた。「まさか！　いったいなぜ？」独り言のようにバーバラはつぶやいた。

「二人は喧嘩《けんか》したんだって。ルイ叔父さんがぼくのパパのガールフレンドを横どりしたんだよ」少年の屈託のない言い方にバーバラはショックを受けた。「パパが言ってたけど」ルイスは父親の言い分だけしか知らないらしい。「いつか叔父さんのきれいな顔をだめにしてやろうと思ってて、実行したんだって」

すでに亡き人の得意げな声が聞こえた気がして、バーバラは身を震わせた。真っ青になった彼女を見て、ルイスは恥ずかしそうに目をそらした。それは、ルイを前にしたときにいつも見せる態度だった。そのときバーバラは真相に気づいた。ルイスは叔父の顔の傷跡がこわいのではない。父親の罪を思って恥じているのだ！

バーバラは本能的に少年を抱きしめた。ルイスを知ってまだ日が浅いし、思春期を迎えたばかりの少年をむやみに抱きしめるべきではないとは思っていたのだが、今はそんな考えも頭から吹き飛んだ。ルイスも夢中でバーバラに抱きついた。

「こうやって男は借りを返すんだって、パパが言ってた」ルイスが小声で言った。

その言葉を聞いて、バーバラは怒った。「そんなのは不良少年のすることよ。大人のやり方じゃないわ」彼女はルイスの髪をなでた。「わたしの言うことが信じられなかったら、ルイ叔父さまにうかがってごらんなさい」

ルイスは頭を上げた。目がぬれている。

「こんなこと、叔父さんには話せないよ」少年は絶対にいやだと言わんばかりに答えた。

「叔父さんはぼくを憎んでいるもの」

「憎んでいる？　どうしてそう思うの？」

ルイスはつばをのんだ。「パパのせいで、叔父さん……あんな顔になっちゃったから。ペピータはあの傷が我慢できなかったんだよね」何を思いついたのか、ルイスはとまどった顔でバーバラを見た。「あなたは平気なの？」

「ええ」間を置いてからバーバラはしっかりと答えた。「平気よ」

「ママはいやがったよ。結婚式の写真に叔父さんを入れなかったんだって。ぼくの洗礼式のときにも。ひいお祖父《じい》さんが言ってたよ」

バーバラは言った。「ルイス、あなたは？」

ルイスは度肝を抜かれたようだった。

「どうなの？　叔父さまを見ると気持が悪くなったりする？」

「ならないよ」少年は困惑している。

「だったら、それでいいじゃない。問題はあなたのご両親ではなくて、あなたがどう感じるかよ」

ルイスは納得できないらしい。バーバラは絶望的になった。ほかにどう言えばいいのだろう？　叔父さんに話しかけられたら決して顔をそむけないように、などと言えば、ますますルイスはぎごちなくなるに違いない。

結局、バーバラはルイに話すことに決め、適当な機会を待った。ある日二人は海岸を馬に乗って散歩した。馬の首にそって頭を低くし、風に髪をなびかせながら、ルイは荒く息をついている。リラックスした表情で、いつもより気をゆるめているようだ。

「ルイ」

「なんだい？」

バーバラは一気に本題に入った。「あなたが顔に傷を負った理由を、ルイスが知っていることをご存じ？」

ルイスは緑の瞳をぼんやりとバーバラに向けたが、一瞬ぞっとした表情になった。

「お父さんから聞いたそうよ」

ルイは目を閉じた。

「ルイスは、あなたが彼を責めている……憎んでいるって思いこんでるの」

ルイの目がぱっと開いた。「どういうことだ？」彼はかすれ声でささやくようにきいた。

「つまり、あのかわいそうな子はあなたを見るたびに罪の意識にさいなまれてしまうの」

「罪？　しかし、どうしてまた……？」

「あなたが不幸せに見えるからでしょう」バーバラは冷静に言った。まるで自分のことを話しているようだ。「その原因は自分にあると思いこんで、恥じているの。それでどうしていいかわからなくて、あなたを避けてしまうのよ」

ルイは暗い表情になった。「フェルナンドめ。どこまで無責任なやつなんだ。何も子供にまでそんなことを言わなくてもいいのに……」

ルイスによれば、フェルナンドは弟のルイに怪我させたことを手柄のように自慢していたらしい。しかしバーバラはそのことは言わないでおいた。

「どうやらルイスとは話し合う必要がありそうだな」ルイは苦々しくつぶやいた。

「あの子をこわがらせないでね」

ルイはうんざりした顔をしたが何も言わず、いやがる馬を急《せ》き立てて館に駆け戻った。

ルイとルイスを目にしたとき、バーバラはほっとした。二人は小さな入江の突端を、夢中で話しながら歩いていた。入江にはルイのボートが幾隻もつながれている。

近づくにつれてルイスの声が聞こえてきた。「……それで、ぼくはすごくうまくなったの」

「それはだれの評価だい？　きみの、それとも先生の？」とルイがたずねる。冷静な口調だが冷ややかではない。

ルイスも率直に答えた。「先生だよ。でも、ただぼくにレッスンを続けさせたかったからかもしれないな」

ルイは笑った。「なかなか鋭い子だな。よし！　溺《おぼ》れないくらいうまいことが証明できたら、レッスンを続けさせてあげよう。ただし、学校の勉強もさぼるなよ」

目を輝かせ、にこにこしながら叔父を見上げる少年の姿を見て、バーバラは息をのんだ。ルイスが初めて叔父の顔を見ている。

「そういうのって買収行為だよ。子供を買収して勉強させるなんて、いけないよ」

ルイは二の句が継げなかった。「だれがそんなことを言ったんだい？」

「児童心理学者」ルイスはいっぱしの口をきき、またもにっこりした。その笑顔は驚くほど叔父に似ていた。

「よし」ルイはすまして言った。「きみにマキアヴェリを紹介しよう」

「だれ、その人？　スキューバダイバー？」ルイスは勢《いきお》いこんでたずねた。

「十六世紀のイタリアの政治家だよ。きみと二、三共通点のある人だ」と叔父は告げ、甥の髪をくしゃくしゃにした。ルイが甥に対してそんなことをしたのは初めてだ。ルイスはうれしそうに顔を輝かせている。

「なあんだ、勉強の話か」

「まあ彼の著書を読んでごらん」ルイが続ける。「きみも彼には学ぶところがあるかもしれないぞ。昼食後に書斎に来なさい。一緒に読もう」

「一緒に？」

ルイはにやりとしてみせた。「ぼくも記憶力を磨いておかないと、いつかきみに追い越されてしまう。となったら、自分の家で主人顔ができなくなるじゃないか。そんなのはごめんだから一緒に読むんだよ」

　甥は驚きと喜びを同時に顔に表しながら、ぶっきらぼうに言った。「いいけど」

その口調から、ルイもバーバラも少年の気持をはっきりと読みとった。バーバラは叔父と甥の関係の変化に気づかないふりをして二人に近づいていった。

　ルイが甥と仲よくしているのを見るのはバーバラにとって大きな喜びだった。が、一方、ルイの緊張はますます高まっていった。きっと働きすぎのせいだわ。バーバラが思い切って忠告すると、ルイは猛烈な勢いで反発し、口論になりかねないありさまだった。しかし、ロンドンの病院を退院してきた侯爵夫人もバーバラと同じことを言った。

　ルイはいらいらしながら二人をにらみつけた。「ぼくは疲れてもいないし病気でもないし、働きすぎでもありませんよ。そろそろぼくたちの結婚のお披露目をしようかと考えているくらいです」彼はバーバラに向かって言った。「この館で舞踏会を開こう。近所の人やイギリスの友達もよんで、仮装パーティーはどうだい？　仮面をつけてふんぞり返ってるやつの正体をあばくのが大好きなんだ。それに、口うるさい家族の目から逃れられるしね」ルイは足音も荒く図書室に去った。

　侯爵夫人はため息をつき、しかめっつらをしてみせた。

　しかし、バーバラは笑えなかった。ルイの声にはいらだち以上のものが、深刻で孤独な響きがあった。真実の愛が得られなかったからだわ。バーバラは胸を痛めた。気持はわかる。失恋の痛手を負った人を、元気がないといって責めるなんて、間違っている。

バーバラはそこまで考えてはっとした。気持はわかるって、本当に？　わたしはまだ人を愛したことがないのよ！　この館でルイと不幸な出会い方をして以来、わたしは恋愛を避けてきた。心の中にあふれる愛を十年間凍結させたまま、だれも寄せつけずに生きてきた。

そのはずだったのに、ルイの傷ついた心を思うと涙がこぼれそうになるのはなぜなの？

その答えはわかりきっている。ルイはペピータを愛している。そのことを知っていながら、わたしはルイを愛している。おそらく十年前から、自覚もなしにルイを愛していたのだ。

だから彼と再会したとき、必然性のようなものを感じたのだろう。みずから仕事をやめて結婚したのも、便宜のためではない。すべてルイを愛していたからだ。ルイが自分の容《よう》貌《ぼう》を醜怪きわまりないもののように言うたび、彼を抱きしめてあげたくなるのも、愛のためだった。最愛の人を救いたいがためだった。今ごろそれに気がつくなんて、わたしは本当にどうかしている。

バーバラは、侯爵夫人の共謀者めいた微笑に応《こた》えられなかった。曖昧《あいまい》な笑みを返して、彼女はその場から早々に逃げ出した。

涼しくなった庭に出て、熱い頬を冷やした。ルイはわたしの気持を見抜いただろうか？

そして不快に思っているのかしら？　ルイに触れられるのがなぜ耐えがたいか、バーバラは今、はっきりとわかった。自分自身の潔癖さ、恐怖、あるいは感情的なものなどはまったく関係がない。わたしがルイのすべてを求めようとするからつらいのだ。彼が与えてくれるものだけでは満足できないからこそ、つらいのだ。

ああ、なんてことだろう！　かわいそうなルイ。そして、自分の気持も見抜けないばかなわたし。本当にわたしは無知で愚かだった。こうなったら、わたしにできることは一つしかない——わたしの愛がルイの負担にならないようにすること。

新たな決意を貫くのは簡単ではなかったが、バーバラは精いっぱい努力した。ルイと過ごす時間は一分でも貴重なのに、彼を避けるようにした。おしゃべりを控え、感情を顔に表さないよう努めた。

そんな彼女の様子に、ルイは気がついていると思えるときが何度かあった。バーバラが口実をもうけて遠乗りの誘いを断ると、ルイは皮肉な目で彼女を見つめた。しかし、舞踏会の準備で忙しいと嘆いたときは、さすがの彼もあっさりと引き下がった。実際、舞踏会のせいで彼女は本当に忙しかったのだ。キッチンには、招待客や部屋割り、献立などの巨大なリストが掲げられ、上を下への大騒動だった。そんな中でバーバラは、うっかり自分が着る衣装の用意を忘れるところだった。ルイの希望どおりに今回は仮装舞踏会なのだ。

「そんなの簡単よ」バーバラがうろたえて相談を持ちかけると、侯爵夫人は気楽に答えた。

「古着が山とあるわ。わたしも主人の母もなんでもとっておくたちだから。娘がいたら着せて楽しむのにって思ったものよ。そうそう、あれがいいわ」

二人は東棟の空き部屋を次々にまわった。そして、古びた衣装だんすの中の薄い布に包まれた衣類にくまなく目を通し、楽しい時を過ごした。侯爵夫人が目的のドレスを見つけたとき、バーバラは息をのんだ。

ひと目で一九一〇年から三〇年ごろはやったフラッパーのドレスとわかる。肩や胸のほとんどをあらわにするデザインだ。スカートは丈が短く、ハンカチーフ程度の大きさしかない。

「これは……みだらすぎます！」バーバラは訴えた。

「そうよ」侯爵夫人はうれしそうにうなずいた。「それに、とってもきれいなの」

夫人が広げてみせたドレスには、細い灰色の絹糸で蜘蛛《くも》の巣が描かれていた。おそらく手縫いだろう。スカートがふんわりと広がると、ドレスは繊細なレースの蜘蛛の巣に変わる。

「魔法のようだわ！」バーバラは美しい布地にうやうやしく触れた。「とても高価なものなんでしょう」

侯爵夫人は満足そうにうなずいた。「セルジオがパリで買ってくれたの。彼のお気に入りのドレスだったのよ。あなたが着てくださると、とってもうれしいんだけれど」

というわけでバーバラはそのドレスを着ることになった。実は舞踏会の衣装以上に気にかかることがいくつかあった。招待状に対する返事にまじってハリーからの手紙があったのだ。金持の男と結婚する分別が姪《めい》にあったことを喜んでいる、今ちょっと困っているので、近々会いに行くから、という内容だった。ハリーの手紙をルイに見せたものかどうかバーバラは迷った。わたしを叔父から守ると約束したルイの言葉を信じてはいるが、なんといっても彼は忙しい。バーバラは結局何も告げず、ハリーからの手紙は引き出しにしまいこまれた。

舞踏会の前日、ルイは馬で外出した。朝、バーバラがひとり崖《がけ》の上を散歩していると、ハリーが現れた。

バーバラは棒立ちになった。ハリーのずるがしこい笑顔を見て心が沈んだ。

「よう、元気かい」と彼は姪に挨拶《あいさつ》した。「ここを通ると思ったよ……毎日これで見張っていたんだ」彼は首に下げている双眼鏡を示した。

バーバラは頭に血がのぼったが、落ち着いた声で言った。「スパイみたいなまねをして、どういうつもりなの、ハリー？」

ハリーは傷ついた表情をしてみせた。「かわいい姪をスパイしてどうなる。おまえが幸せにやってるかどうか確かめたくてな、顔に傷のある野郎とさ」ハリーはじりじりと動いてバーバラの正面にまわった。「あいつは知らない、そうだろ？　かわいいバーバラが、自分のとんでもない父親についてあいつに言えるわけがない。そんなことはすぐわかるさ、なんなら、黙っててやってもいいんだ……」

語尾を濁したせりふ——言いたいことは情けなくなるほどはっきりしている。バーバラは力なく叔父を見た。「これはゆすりなのね、ハリー」

叔父は否定もせず、勝ち誇った笑顔を見せて言った。「ちょっとは叔父さんを助けてくれるな?」

バーバラはルイのプライドと他人に対する彼の公正な態度を思った。こんなことが大嫌いな彼をハリーとのいざこざで卑しめてはならない。バーバラは叔父に背を向けて歩き出した。

「バーバラ……」ハリーは度肝を抜かれたようだったが、すぐに彼女のあとを追った。

「好きなようにして、ハリー」バーバラは彼にきつい言葉を浴びせた。「この前言ったように、あれが最後なのよ。わかってくれたはずでしょう」

「しかしなあ……」

バーバラはさっと振り向き、激しい勢いで言った。「今までずっとわたしにつきまとってお金を巻き上げてきたけど、そんなまねは、わたしの夫にはさせませんからね。帰ってちょうだい!」

「やつは金持なんだから大丈夫だよ」ハリーは滑稽《こっけい》なほどうろたえて言った。

「そうかもしれないわね」バーバラはぶっきらぼうに言った。「でも、わたしにはできないのよ。わたしたちがどこへ行こうと叔父さんは現れるでしょうね。ルイにまでつきまとうつもりなら、わたしは彼と別れるわ！」

「すっかりのぼせ上がっているらしいな」ハリーはひとまず退却した。

恋に狂って、わたしは坂道を転がり落ちていく、とバーバラは思った。そしてこの先も落ちつづけていくだろう。

ペピータも舞踏会に来る。しかし、ルイは彼女の名を口にすることはなかった。ルイはすっかりあきらめたのだろうか。それとも、つらい思いを味わってまでペピータに会いたいと考えたのだろうか。バーバラは彼に確かめようとして失敗し、みじめな気持になった。

「まだ未練があるかって？」バーバラの慎重な質問に対してルイは言った。「さあね。その人の気質によるだろう。きみだって人を好きになったことくらいあるだろう。それを後悔しているかい？」

ルイの腕に抱かれた瞬間のこと、彼に拒否されたつらさ、孤独の十年間、危ない橋を渡っているような無理のある現在の生活――それらがバーバラの頭の中に浮かんだ。わたしは一度も後悔しなかったろうか？

「してないわ」バーバラはきっぱりと答えた。「どんなに苦しんでも、それだけの価値があったと思うの」

「ぼくもたぶん同じことを言うだろうな」耳障りな声でルイは言った。

バーバラはそれ以上問わなかった。ルイがペピータの名前を出したら、黙って聞いていられる自信はない。話題を変えて、舞踏会の衣装についてたずねた。

「衣装はもう決まってるよ。昔からあるものなんだ。それで仮装舞踏会を開きたかったんだよ」

「なんの格好をするの?」

ルイはいたずらっぽい顔になった。「当ててごらん」

「ピエロかしら?」

彼は首を振った。「そんな陳腐な、イギリス人みたいなまねはしないよ」

「騎士?　フランス国王ルイ十四世?　悪漢フー・マンチュー?」

ルイは首を横に振りつづける。

「降参よ。教えて」

「だめ。見てのお楽しみだよ。きっと目をまわすぞ」

バーバラは笑って、あっと驚いてみせることを約束した。それにしても好奇心がそそられる。普段のルイが目立ちたがり屋ではないだけに、何を着るか秘密にするなんて彼らしくなくて意外な感じだ。

舞踏会の夜、階上に現れたルイを見てバーバラは、納得したが、驚くどころか笑い出した。

夫が階段を下りてくる。仮装なんてしてないじゃないの――ひと目見てバーバラは思った。脚の形がくっきりとわかる細身のグレーのズボンに、ウエストから首までボタンをかけた長袖《そで》のグレーの上着を身につけている。

「幽霊なの？」バーバラはからかった。

ルイは隠し持っていた仮面を披露した。頬ひげのある大きな灰色の猫の仮面だ。口を甘くほころばせ、大きな黄色い目で獲物をねらっている。ルイはさっそくマスクをつけ、自慢の頬ひげを手でぴんと跳ね上げてみせた。

バーバラは笑いすぎてわき腹が痛くなった。「しっぽはないの？」

ルイもくすくす笑いながら仮面をとった。「あるよ。ルイスがつけてくれることになってる」

ルイの相棒であるルイスが上機嫌で登場した。衣装はマーマレード色の縞《しま》のジャンプスーツに動物の手足がついているものだ。バーバラは、いつもの就寝時間に彼を寝室に追いやる見込みはないと思った。叔父と甥はペアを組んで騒ぎまわることだろう。

「ねずみの格好で現れるお客さまがいないことを願うのみだわ」と言って、バーバラも、ビロードとレースでできた仮面をつけてみた。顔の上半分を隠すヴェニス風の仮面で、つけていることを忘れてしまいそうなほど軽かった。

「すごくきれいだよ」ルイは率直にほめ、バーバラを横目で見ながら再び猫の仮面をつけた。「猫は蜘蛛を追っかけるものかな?」

どきどきしはじめた胸を静めて、バーバラはきっぱりと言った。「わたしは蜘蛛ではなくて、蜘蛛の巣よ。そのほうがはるかにロマンチックでしょう?」

ルイは茶化すように会釈してみせた。「失礼いたしました、侯爵夫人」

ひとしきり大騒ぎしてルイとルイスが走り去ったころ、客たちが到着しはじめた。

ディックとアランナは館に滞在中で、アランナは変身前のシンデレラに扮《ふん》した。ポルトガルの熱帯夜には涼しい衣装がいちばんいいという現実的な理由からだった。彼女の夫は海賊の格好をしていた。衣装の調達が比較的楽なので、ほかにも海賊はたくさんいる。ディックは彼らに決闘を申しこんで歩いた。ルイスは有頂天でディックと叔父の間を走りまわっている。

ルイはテーブルの下にひそみ、テーブルクロスの下からいきなり飛び出して客を驚かせ、おもしろがった。ルイスはそれだけではおさまらず、スペインの大公に扮した客の靴ひもをねらい、大公と大公夫人、そしてすぐそばにあったテーブルまで見事床に引っくり返した。幸い客たちは皆心から楽しんでいたので、驚きはしたものの、だれも文句を言わなかった。

ペピータはスパルタの王女ヘレンに扮し、地元の知人たちと連れ立ってきた。彼女のも、やはり涼しさ優先の衣装だ。髪は頭のてっぺんに結い上げ、うなじにカールした後れ毛を遊ばせている。ロンドンで会ったときよりはるかに幸せそうだ。バーバラは胸がずきんと痛んだ。ルイはとても幸せそうとは言えないのに……。

ペピータはバーバラにキスした。「すてきねえ」そう言って、色とりどりのライトをつるした中庭を見渡した。二階のベランダではミュージシャンたちが陽気にサンバを奏でている。「すばらしいわ。それに、そのドレスの豪華なこと！　ルイのお見立てなの？」

バーバラはほほえんだ。「ルイは月並みなお世辞を言ってくれただけ。今夜は遊びに夢中で、それどころではないのよ。わたしは蜘蛛ですって」

ペピータは笑った。ルイは少し離れたところで皇帝ナポレオンの妻ジョセフィーヌらしき女性をからかっている。「ほんと、ご機嫌ね。ほうっとくと、大変なことになるわよ！　でも、あなたがいるから大丈夫ね。中庭で綱渡りするなんて言い出したら止めてちょうだいね」

バーバラはぎょっとした。「あの人がそんなことするかしら？」

「前にしたことがあるの」ペピータは愉快そうに言う。「悪魔にとりつかれると何をしでかすかわからない人よ。でもね」あっけにとられているバーバラに陽気な声で追い討ちをかける。「今はあなたという人がいるから安心できるわ。彼ももう落ち着きのある既婚男性なんですもの」

バーバラは〝落ち着きのある既婚男性〟を見た。ダンスフロアにジョセフィーヌを引っぱり出そうとしている。

「ほんとね」バーバラの声は白々しく響いた。

しかし、そのあと彼女はすっかり忙しくなった。客を迎え、老齢の女性客の世話をし、ルイの祖母が疲れすぎないように気を配っているうちに、ルイがサーカスのまねをしはしないかと心配する暇もなくなった。それから一時間ばかり、バーバラは踊り、お酒を少し飲み、客の間をまわり、また踊った。強烈なリズム、耳について離れない異教のビートに誘われて、バーバラは何度もフロアに立った。

「きみはすごい」くるくる回転しながら、丸々と太った海賊がバーバラに言った。「ルイがなぜきみと結婚したかわかるよ」

「ありがとう」バーバラはうれしそうに答えた。

「彼はダンスの名手だからね。昔からそうだったよ、子供のころから」海賊に扮したイギリス人が打ち明けた。

「猫の世界でもぴか一ですわ」海賊にエスコートされてフロアを離れながらバーバラは言った。

ところが話題の主は今、人間に戻って二本足で立ち、スリムな体で巧みにステップを踏んでいた。本当にルイはすばらしい。彼を見るたびにバーバラは胸苦しさに襲われる。わたしの気持にルイが気づいたなら……。

奇抜な衣装はルイによく似合う。海賊や騎兵の多い中でずば抜けてしなやかに、危険に見えた。細いグレーのズボンが脚をより長く見せ、踊る姿には猫の野性と激しさと優雅な魅力がそなわっていた。傲慢《ごうまん》に冷笑している仮面が実によく似合う。

同じグレーのスカートのしわを伸ばしながら、バーバラの手はかすかに震えていた。わたしも美しく見えるはずよ。たぶん今までにないほど美しく。ルイは気がつかなくても、大勢のお客さまがほめてくださった。踊った相手の中には、言葉も及ばないほどの賞賛の表情を見せた男もいる。

しかし、それで世界が一変するわけではない。バーバラは再び悲しみに暮れる十八歳に戻っていた。残酷な腕に抱きすくめられて夢中であらがい、闘わなければと自覚するより先に敗北していたあのときと同じ。日に焼けたクレオパトラの裸の背中を抱くルイを見守るうちに、バーバラの口の中はからからに乾いた。十年前のわたしなら恐怖を感じただろうが、さすがに今は当時よりも大人になっている。

突然、バーバラは息苦しさを感じた。風のない暑い夜、古びた塀にからむジャスミンの芳香はむせ返るほどだ。色とりどりのランタンはこの世ならぬ光を踊り手たちに投げかけ、会場の熱気をいっそう盛り上げている。暑さのあまり踊る者たちの多くは仮面をとった。バーバラもとろうかと思ったが、仮装を解く気にはなれず、ビロードとレースの小さな仮面はそのまま顔に残した。

ルイもマスクをとらなかった。ほほえみを浮かべた猫の顔で踊っている。でも、今夜のルイは無表情ではない。そう思うとバーバラは胸苦しくなった。顔を隠しながら、ルイは体の動きで雄弁に語りかけている。クレオパトラを旋回させ、獲物を射すくめる獣のように、触覚を働かせる。両手が蛇のように若い女の金色の肌に伸びる。とたんに女は弓なりにそってスピンする。その体をルイが支える。バーバラはかたずをのんだ。

猫の仮面がこちらを向いた。バーバラは本能的にあとずさりし、物陰に隠れた。ふわりと舞ったスカートに、ランタンの紫や緑の影が、そして炎の赤がまだら模様を描いた。

踊る人々の向こうで、猫の動きが止まる。

バーバラはそろそろと目を上げた。ルイと目を合わせたくない。しかし、踊り、語り合う人々に隔てられていながら、二人の視線はしっかりとからみ合った。ルイに短刀を突きつけられたかのごとく、バーバラはたじろいだ。

もうだめ。彼に知られてしまう。彼に対するわたしの気持は隠しようがない。眩惑《げんわく》されたようにバーバラは立ちつくした。さまざまな考えが頭の中で乱舞し、足が言うことを聞かない。

灰色の猫がクレオパトラのそばを離れた。もうクレオパトラのことはすっかり忘れているようだった。バーバラ以外の人間は目に入らないように彼女だけを見つめ、人々の間をすり抜けて近づいてくるルイ。動きまで猫のようだ。長い脚を優雅に運んで見事にバランスをとる身のこなし。並みはずれたしなやかさ。不器用に踊る者もいれば酔っ払いもいるのに、ルイは彼らと肩すら触れ合わせず、バーバラの前に立った。客たちは侯爵がそばを通り過ぎたことさえ気がつかなかった。

長い沈黙が漂う。鳴り響く音楽、笑いさざめく人々のかたわらで、そこだけ別世界のように、沈黙が二人を支配した。バーバラは透明なガラス玉の中に宙づりになったような非現実感にとらえられた。体を動かすことも考えることもならず、ひたすら仮面の奥の瞳を見つめた。ほかはすべて忘却のかなたに……。

ルイの手が上がり、猫の仮面がはぎとられた。

# 9

バーバラは息をのんだ。彼女が何か言ったと思ったのか、ルイは耳を傾けようと身を乗り出す。バーバラには、ルイの後ろを流れる人の渦が見えた。客たちは踊っている。今宵《こよい》の主人公たちがひっそりと立ちつくしているのも知らず。みんなにはわたしたちが見えなくなってしまったのだろうか。

ルイがそっと言った。「おいで」

バーバラは手を差し出した自分に驚いた。仮面を投げ捨てたルイは、その手を両手にとって彼女の表情をうかがった。

やがて、いきなり彼はバーバラの手を引いてパーティー会場をあとにし、芳《かぐわ》しい庭の闇《やみ》にまぎれこんだ。二人の背後には、煌々《こうこう》と明かりのともる館《やかた》が、おとぎの国の城さながら丘の上にそびえていた。

ルイはひたすら海岸を目指した。夏の太陽に焼かれて干上がったでこぼこ道でバーバラがつまずいても、彼は足をゆるめようとはしない。

着いたところは庭からプライベートビーチに通じる小さな門だった。ルイが釣りに行く入江はこの門の向こうにある。ルイは立ち止まってバーバラを振り返り、彼女から離れて古びた門に寄りかかった。「きみ……」

呼吸よりもひそやかな、目の前に広がる凪《な》いだ海や果樹園を渡る微風よりおだやかな声だった。

「はい？」バーバラもささやく。

「かまわないかな？」ルイは口ごもった。

バーバラは聞き違えたふりもしなかった。前に進み出た彼女をルイはかき抱いた。彼の手が袖《そで》の中に滑りこんで柔肌に憩う。挑発するように体を震わせるバーバラをルイは引き寄せた。

髪に頬を押し当て、震える声でルイは呼びかける。

もうだめ。あふれるほどの愛——長いこと隠してきたこの気持。今夜だけでも、永遠の苦しみと引き換えでもかまわない。これ以上自分の感情を抑えていられない。

バーバラは両手にやさしくルイの顔をはさんだ。傷跡が指に触れる。鋭敏な指先はルイの緊張を感じとった。バーバラは伸び上がって損なわれた皮膚に唇を這《は》わせた。

ルイは逃げなかった。

バーバラは夢中で情熱に溺《おぼ》れた。唇が離れたとき、自分が乾いた砂の上に立っていることに気づいて驚いた。彼女がそう言うと、ルイはかすれた笑い声をあげた。「ずっとここにいるわけじゃないよ」愛情のこもった声はルイのものとも思えない。

喜びと絶望を同時に感じ、バーバラはおののいた。もうあとには引けない。不安を静めたい。そしていくらかでも平静を取り戻したい。彼女は軽口をたたいた。「ルイ・ニエヴェス、海辺だからって、初めて愛し合うのがゴムボートの上ではお断りよ！」

ルイはまた笑った。深く、よく響く声がかすかに震えている。ルイもバーバラと同じく自分を抑えかねているのだ。「わかってるよ」

ルイは後ろ手に掛け金をはずし、門を大きく開いた。闇の中でバーバラの顔を見つめながら、苔《こけ》むした堤へと導いた。しばらく行けば、柳の木立の間に小さなボートがある。普段ルイはそこに近づくことを禁じている。ルイはいつもあそこで女性と過ごすの？

「どうかした？」ルイがすばやく問いかける。

バーバラは首を振った。動揺がたちまち彼に伝わったことにショックを受けた。

「つまずいたの」それが真実でないことは、言った本人もルイも知っている。

ボートは堤に生えている草木に隠されていた。足を一瞬止めて、バーバラは舷《げん》から突き出た渡し板をおぼつかなく見た。ルイはためらうことなく彼女を胸に抱き上げた。彼は笑っている。以心伝心とはこのことだろうか。テレパシーなどという特殊技能を磨く必要もない。

何がどこにあるのか知りつくしているはずなのに、真っ暗な船内で、ルイはなぜか明かりをつけようとしなかった。手をつないでよろめきながらキャビンにたどり着いた二人は、親に内緒でピクニックに来た子供たちのように声をひそめて笑い合った。

ルイの熱い体や力強い手、たくましい腕を感じながら、バーバラは彼に従った。

キャビンは狭く、二人は立ったまま寄り添って裸になった。熱い肌に冷気を感じておののくバーバラはさっそくルイの温かい腕の中におさまった。二人は唇を重ね、しっかりと抱き合ったまま見えないベッドの上に倒れこんだ。

違うわ、狂おしい夢を見ながら予想していたこととは違う……ぼんやりとバーバラは思った。やさしく揺れるボート、タールのにおい、ちくちくと肌を刺激する毛布――どれもが情熱をあおりたてる。そして、愛する男性の存在。信じられないようなことが起こっている。このわたしを彼がこれほど求めるとは。ルイはわたしの腕の中で少年のように震えている。なかなか唇を探し当てられず、不器用に振る舞っている。

驚きととまどいから解き放たれると、バーバラは慎みを忘れて彼に応《こた》えた。ルイは彼女の愛撫《あいぶ》に燃え上がる。二人は苦痛も恐怖ものみつくす熱く激しい力にかられて深淵《しんえん》に身を躍らせた。目を閉じ、ルイにしがみつくバーバラの耳に自分自身のもらす声が聞こえた。

そしてルイの声も。

二人は抱き合ったまま眠りに落ちた。どのくらいたったのだろうか、バーバラはルイが動いたように思った。彼女をそっと抱き直し、冷えないように毛布を引っぱり上げる。夢うつつのまま、バーバラはルイにすり寄って喜びの言葉をつぶやいた。こんなに大事にされるのは生まれて初めて……バーバラは再び眠りに落ちた。

ゆっくりとした朝の目覚め。妙に窮屈な感じがして、体をまっすぐに伸ばすと節々が痛む。変だ。でも、不快ではない。不思議なにおいがする。枕《まくら》カバーのラヴェンダーの香りではない。

バーバラはうめき声をあげて寝返りを打ち、片目を開けた。

夜はすっかり明けているのに、いつものまばゆいばかりの光がない。バーバラの眠気が吹き飛んだ。起き上がって周囲を見まわし、愕然《がくぜん》となった。たちまち昨夜の出来事がありありとよみがえってきた。

キャビンに作りつけのベッドにはバーバラ一人。だが、乱れた毛布や、枕代わりの粗い布地のクッションを見れば、ほかにだれかいたことは歴然としている。バーバラはぱっと顔を赤らめた。起き上がる際に下に落ちた毛布がもう一つの記憶を呼びさました。わたしは裸だった！　真っ赤になって、粗織りのアフガン毛布を胸まで引き上げた。

近くで物音がした。ルイはまだ船内にいる。そのとき木製のドアが大きく開き、バーバラはあわてて声を失った。

後ろを振り返ったままルイが戸口に立った。身につけているのは昨夜のセクシーなズボンだけ。髪から水滴が落ち、小さな舷窓から差しこむ陽光に胸毛がきらきらと光っている。その光景に全身が熱くなり、バーバラはたまらなく恥ずかしくなった。しかしルイが顔を向けたとき、バーバラは自分を取り戻していた。

彼女は皮肉な目つきをしてみせた。「あの変てこなしっぽはやめたのね」軽い口調で言えた自分をほめてやりたい。

ルイはびっくりしたようだが、すぐに笑顔を見せ、ベッドの端に腰を下ろした。「ゆうべ、近衛兵の一人にとられてしまったのさ。シャンパンの栓抜き競争の賞品としてね」うんざりするほど陽気なルイ。パーティーの翌朝、しどけない姿の女性の腕の中で目覚めたのはこれが初めてではないことは明らかだ。すっかりくつろいで、満足している様子だ。

「何時かしら？」不意にバーバラはたずねた。

ルイは眉をつり上げた。「なぜだい？」

「お客さまがお泊まりなのよ」

ルイはくすくす笑った。「皆さん、今ごろはベッドの中でおやすみだよ」彼はにやりとした。「ぼくたちみたいに早寝ができなかったのさ」

なぜルイはこんなところに座って笑っているの？　なぜ？　彼を憎んでしまいそうだわ。

怒りに赤らむバーバラの顔を、ルイは興味深く見守っている。彼女は、もはや愛と寛容の心など抱けなかった。

「ゆうべのことを後悔しているみたいだね」おかしそうにルイは言い、バーバラの鼻の頭を長い指で軽くはじいた。「心配するなよ……ぼくたちは夫婦なんだから」

バーバラは顔をそむけた。ああ、顔の赤みなんて消えてしまえばいいのに！　彼女は毛布を握りしめた。「今、何時？」

ルイは肩をすくめ、舷窓に歩いて外をのぞいた。太陽が髪の色を青みがかった黒に染める。あの髪に触れたい。くしゃくしゃに乱したい。バーバラは目を閉じた。

「八時ごろだな。時間はたっぷりあるよ」

バーバラはあわてて目を開いた。「え？」

樫《かし》材の床の上を素足で音もたてずにルイが戻ってきた。「わかってるくせに」

バーバラは毛布にしがみつき、あわてて壁に背中を寄せた。「やめて！」

ルイは当惑したものの、怒ってはいない。ああ、彼にとってはゲームなのね。激情と失意のはざまでバーバラは考えた。こんなこと、ルイにとっては日常茶飯事なんだわ。愛撫も会話も、劇的なシーンから日常へ戻ることも、そして……その逆も、彼は自由自在にこなすんだわ。とてもわたしにはまねできない。わたしは彼を愛しているけれど、彼はわたしを愛していない。昼の光の中ではそのことを思い出してしまう。ゆうべは大胆に振る舞えたけれど、今はとてもあんなことはできない。

「イギリス式に、お客に朝のお茶を出そうなんて考えているんなら、言っておくけど、迷惑がられるだけだよ」ルイの手がバーバラに伸びた。髪の生え際をルイの唇がそっとたどっていく。バーバラは息が乱れないように用心し、体から力が抜けそうになるのをこらえた。ルイは少し頭を引き、注意深い目をした。「どうかしたのか？」

バーバラは首を振った。「いいえ」

一瞬ルイは動揺したようだった。「だけど、様子がおかしいよ」

「あなたの思いすごしよ」バーバラは不自然な笑い声をあげた。

ルイの眉がぴくんと痙攣《けいれん》し、一直線になった。「そうかな？」

あざやかな動作でルイは一気に毛布を引きはがした。バーバラは奪い返そうとしたが間に合わず、むなしく手を落として悲しみもあらわにルイを見た。一瞬二人は無言のまま見つめ合った。

やがて、ルイがゆっくりとバーバラに毛布を着せかけた。バーバラはさっそくそれにすがりつき、船の中は寒いわ、などとぎごちない言い訳をしながら体にしっかりと巻きつけた。それが口実にすぎないことは二人ともわかっている。ルイはバーバラに背を向け、黙ってキャビンを出ていった。

すぐにバーバラはベッドを下りた。わたしが出ていくまでルイはここに戻らないだろう。

バーバラは床にかたまって落ちている衣類の中から自分の分を拾い上げた。こんなものを着ていたの？　蜘蛛《くも》の巣だけを体にまとっていたと思えるほど、朝の光の中で見るドレスはいかにも頼りなく見えた。バーバラは真っ青になった。ゆうべ、パーティーの照明のもとではどんなふうに見えたのだろう？　そして、わたしはどんな女に？　人目のない場所へ連れていってと言わんばかりに？　フラッパーとは、軽い気持で不道徳なことをするので有名だった女たちのこと……。そうだったの！　ルイは申し訳程度に体をおおうこんなドレスを着た姿を見て――地味な色合いがかえって挑発的で、ふわふわした生地が肌をあらわにする――わたしが小さな冒険を求めていると誤解したのね。

バーバラは目をつむり、ずきずきと痛む額を壁に押しつけた。すべてわたしの責任だわ。思いどおりに行動すれば何かが犠牲になるとわかっていて、ゆうべあんなに大胆なまねをしたのだから。

こうなったら、わたしのとるべき態度は一つしかない。一夜の情事を楽しんだにすぎないふりをしよう。彼の想像どおりのフラッパーを演じるのだ。

ルイは甲板のてすりにもたれて険しい表情で水面を眺めていた。

「きみの靴だよ」ルイが示す方向に、ひもつきのサンダルが左右きちんとそろえて置いてあった。

バーバラは靴にもルイにも近づかなかった。サンダルは、彼に抱き上げられたときに脱げたのだろう。高々と自分を抱きかかえるルイの腕を思い出したとたん、胸がずきんと痛んだ。記憶の中の情景に彼女はたじろいだ。

「ちゃんと岸に立ってからはくわ」はしゃいだ声を作って言う。

ルイはうなずいた。「今度は運んでやらないぞ」

引き潮の時刻、渡し板は危険を感じるほどは傾いていない。ルイの視線と、両側に広がる暗い水面を意識しながらバーバラは船から堤に移った。

彼女が無事に上陸したのを見届け、ルイももちろん素足で身軽に板を渡ってきた。「ようし」彼は明るく言った。「朝食にしよう」

彼は陽気な態度を保ち、気のきいたおしゃべりをしながら館に戻った。

二人はキッチンで朝食をとった。エレナは上機嫌でスクランブルエッグや焼きたてのロールパンをテーブルに並べる。バーバラと違って、エレナはルイの裸の胸や、かみそりをまだ当てていない顔になんの感情も抱かないらしい。あの胸に飛びこみたいとも、ひげの伸びたあごに頬を寄せたいとも思わないからだろう。

食事はバーバラにとって悪夢だった。気づまりを感じてたまらなくなり、じっと座ったままルイとエレナの陽気な会話に簡単なあいづちを打つことさえできなくなった。彼女は立ち上がった。「なんだかすっきりしないの。お風呂に入ってくるわ」

ルイは思わせぶりな笑い声をあげたが、エレナは無視した。思わせぶりだと感じたのは、わたしが意識しすぎているせいだろうか。バーバラはルイをまっすぐには見ないで曖昧《あいまい》な微笑を返し、その場を去った。

ルイの言ったとおり、客たちはまだ寝ていた。昼過ぎになってぽつりぽつりと階下に姿を現し、エレナがキッチンに用意したビュッフェスタイルの料理をつまんだ。夜は浜辺でバーベキューをした。

バーバラは忙しく客をもてなし、ルイを避けた。もっとも、彼のほうもバーバラの姿を追ってはいないようだ。

しかし、ディックは彼女をそっとしておかなかった。バーバラが、浜へ運び下ろした大きなバーベキューセットでソーセージやステーキを焼いていると、彼がそのかたわらに座った。ルイはワインの栓を次々に抜き、ペドロが客たちにグラスを運んでまわっている。

「よかったよ」ディックが言った。「きみたちのことさ。まさか、ルイがこうなるとは思わなかった」

バーバラは内心の動揺を、肉の切り身を裏返してごまかした。「なあに？　結婚のこと？　それとも、わたしと結婚したこと？」

「もちろん、きみと結婚したことだよ。相手は当然ペピータだと思ってたからね。フェルナンドが死んで、ルイはどうしても結婚しなくてはならなくなったことも知ってたし」

ディックでさえ、ルイの初恋の人がペピータだと知っている！　初めからわかっていたはずなのに、この胸の苦しさはどうしたことだろう？　体のどこかにひそんでいた痛みがバーバラを襲った。

「彼を見てるとうれしいよ。すごく幸せそうだもの」何も知らないディックは言う。

「あの人は幸せになれないと思っていらしたの？」バーバラは皮肉を言った。

「うん」ディックは彼女の不機嫌も見てとれず、素直にうなずいた。バーバラは皮肉を言った自分が恥ずかしくなった。ディックはソーセージをとって食べはじめた。「不運な男だったからな。そのせいで疑い深くなって、その……信用すべき人まで信用できなくなったんだ。わかってもらえるかな」

またペピータね。「わかるわ」バーバラは抑えた声で言った。

ディックはにっこり笑った。「よかった。だからね、すごいと思うんだ。彼がもう……」

料理をとりに別の客が現れたので、ディックは口をつぐんだ。

客の相手をしながらバーバラは考えた。彼はもう……虹色《にじいろ》の夢を追いかけるのをやめたの？　ペピータをあきらめて、わたしで間に合わせることにしたの？　だとしたら、わたしはとても耐えられない。

それからの三日間、バーバラはルイとろくに言葉を交わす暇もなかった。泊まり客がいる上に、パーティーのあと片づけに忙殺されたのだ。ルイとは友好的に接していたが、自分がペピータの身代わりであるという考えは頭の中でどんどんふくらみ、強迫観念にまでなっていた。エレナが止めるのも聞かず中国製の敷物に掃除機をかけたり、寄せ木張りの床を磨いたりする間も、頭を離れなかった。できるだけ遅くなるまで待って一人寝室にこもったあとも、その考えは亡霊のようにバーバラをさいなんだ。

ついにルイのほうから対決を申し入れてきた。

その日、バーバラが朝食に下りていくと、ルイはすでに出かけていた。エレナによれば、馬でペピータのところへ行ったらしい。間に合うようならあとから来るように、海岸で馬を走らせようというメッセージが残されていた。バーバラは硬い表情でエレナに伝言の礼を言った。それから、キッチンの時計の針はまだ早い時間をさしているにもかかわらず、大広間の鏡磨きにとりかかった。

午前中いっぱいかけて夢中で働いていると、あちこちのドアが開く音や人の声がして、大広間の二枚扉が大きく開かれた。

ルイが無言で入ってきた。ほこりをかぶり、少し疲れた様子だ。硬い表情の彼を見て、バーバラはいやな予感がした。彼は背後のドアをそっと閉めた。「バーバラ、話がある」ルイは静かに言った。

バーバラは手に持ったぞうきんを胸に抱いた。自分の喜劇的な格好に気がつきながらも笑うどころではなかった。ルイはペピータと会い、現状に絶望し、愛する女性とともに生きられないなら独身を通す決心をしたのだろうか？　それとも……もっとひどいことを……代用品で我慢しようとでも決心したの？　バーバラはうなだれ、ルイの口が引きしまるのを見逃した。一瞬、彼の表情は苦悩にまみれた。

バーバラは低い声で言った。「なんの話？」

ルイはもどかしげだ。「状況が変わったことはきみも承知しているはずだ」

舞踏会の夜、ペピータと再会したからだ。自分の妻を――わたしを、遊び好きのガールフレンドと同じに考えて、お酒と音楽に乗じてベッドに連れこんだからだ。

バーバラは絶望的な声で言った。「このままでよかったのに」

短い沈黙が漂う。

ルイは言った。「残念だが、もう遅いよ」いかにもやさしい声だった。

バーバラの目に涙があふれた。「お願いよ」声を押し殺し、哀願するように言った。まともにルイを見ることができない。バーバラは視線を泳がせた。険しい表情を目の端にとらえた気がした。

「きみ……そんな顔をするなよ！」彼もつらそうだ。

バーバラはこみ上げるものを抑え、普段の声を出そうとけなげに努力した。「ごめんなさい。分別をなくさないようにするわ」

何を言ってるの？　ルイに、彼の心はやはりペピータのものでしかないと言われたも同然なのに、分別をなくさずにいられるというの？　ああ、館の壁という壁を打ちこわして、この苦しみを世界中に大声で訴えたい。でも、責任はわたしにあるのだ。自分から求めた結果得た苦しみには耐えなければならない。

ルイはバーバラの考えたことをそっくりそのまま口にした。「分別なんて、この状況に適切な言葉とは思えないな」

「それは……」バーバラには続けられなかった。ルイは、覚悟を決めて戦いにのぞむ男の顔をしている。

「ぼくには無理だな」ルイはあっさり言ってのけた。「このままではいられないよ」

バーバラは小さな声をあげた。ルイは青ざめている。彼は本気で言っているのだ。こんなに真剣な表情は見たことがない。ペピータとまた会ったために、彼は真実に目覚めたのだろう。悪意と怒りがバーバラの心にあふれた。「ルイ、どうしてわたしと結婚したの?」

殴られたようにルイはのけぞった。あきれたことに答える言葉もないらしい。双方が承知の上で愛のない結婚をしたという残酷な事実について、ちゃんと説明することもできないの?

「なぜなの?」バーバラは容赦なく迫った。

ルイは恐ろしい発見をしてしまったような口調で言った。「ぼくはきみの心を傷つけたらしいな」

バーバラの笑い声はどんな言葉も及ばないほどの真実を伝えた。「なぜ? 答えてちょうだい」

ルイは目をこすった。「賭《かけ》だよ。危険な冒険さ。でも、あえてそうせざるをえなかったんだ。わからないかい？　きみを傷つけるつもりはなかった」

バーバラは冷静さを失っていた。「その結果どうなるか考えなかったの？　わたしが気づかないと思っていたの？」

ルイの日焼けした顔から血の気が引いた。彼は静かに言った。「滑稽《こっけい》に見えるかもしれないが、ぼくとしてはうまくやれるつもりだった」

バーバラは銃撃を受けたような悲鳴をあげた。ルイは彼女のそばに行こうとした。が、バーバラがひるむのを見てやめ、頬の傷跡に手をやった。彼は目を閉じた。

「本当に悪かったと思っている。ぼくはただ……」

ペピータを忘れたかったとでもいうの？　バーバラは笑いとも抗議ともつかない声をあげた。

近づこうとするルイを、すばやく手を上げて制した。そして、強力なエネルギーを放射する肉体を体をよじって避けた。ルイはすぐに立ち止まった。頬に走る傷が激しく脈打っている。

「ぼくはどうすればいい？」弱々しい声でルイは言った。

わたしを愛して！　バーバラは熱い気持を口走りそうになった。自制心が急速にうせていく。二人して窮屈な思いをしないうちに、わたしは今すぐここを去ったほうがいい。

「わたしを一人にして」バーバラは半ば自分に向かって言った。

ルイの喉が動いた。しかし、彼はゆっくりと壁際に退き、両手を大きく広げた。道は開かれた。バーバラは屈辱の涙をこらえてルイの前を通り過ぎた。

涙に目がかすんでいなければ、思い出がありすぎる小さな入江や、毎朝ルイと馬を走らせた浜辺には来なかったはずだ。バーバラは絶望し、足の向くままに歩いていた。

いつのまにか海に出た。やわらかい砂浜を苦労して進みながら、混乱した頭の中を整理しようとした。まず館に戻り、ルイの話を落ち着いて聞かなければ。

バーバラは夢中で考えていたので、前方から歩いてくる男の姿が目に入らなかった。肩に手を置かれ、彼女は顔を上げた。「ああ、なんてこと」今ハリーが現れても不思議はない気がした。

いつもどおり、ハリーが恨みがましく口を開いた。「ここのところずっと待っていたんだ。そろそろ現れるころだと思ったよ」

バーバラは力なく叔父を見た。

「あの甘ったれ小僧に伝言を渡したぞ」

「ルイスに？」バーバラはうろたえた。「なぜそんなことを？」

ハリーは親指と人指し指をこすり合わせた。バーバラが理解しないので、彼は片目をつむって言った。「金だよ」

「言ったでしょう、ハリー、もうだめよ」

ハリーはかまわず言う。「お屋敷に押しかけて、あの男にぶちまけてもいいんだな？」

恐ろしい意図を隠すためにハリーは騒々しい笑い声をあげた。

「だめよ」決然とした声でバーバラは言った。

ハリーは荒々しく姪《めい》を引き寄せた。「全部独り占めにするつもりか？　なにしろあの男はこの近辺でいちばんの金持だろうからな」

「ハリー、いいかげんにして。あなたには長いこと無理を言われたり、父のことを種にお金をせびられてきたわ。わたしが相手ならそれもかまわない。でも、わたしの愛する人にそんなことはさせませんからね」

「おまえはばかか」ハリーは自分の耳が信じられないといった顔でバーバラを見つめた。

バーバラは苦笑した。叔父の言うとおりだ。「きっとそうなのよ」そう言って立ち去ろうとした。

ハリーは姪を平手で殴りつけた。彼女がよろめき、砂に足をとられたすきにハリーが迫る。バーバラは、身の危険を感じた。期待はずれの結果に怒り、叔父は暴力に訴えようとしている。彼女は腕を上げて防いだが、足もとが不安定だった。おまけに、かっとなったハリーは手がつけられない。乱打され、助けを呼ぼうにも息もつけないありさまで、バーバラは逃れようと砂の上でもがいた。

そのとき、不意に決着がついた。風に散る落ち葉よりもあっけなくハリーは宙に舞い、離れた場所に鈍い音をたてて落ちた。すすり泣きながらも、バーバラは目をこすって立ち上がろうとした。

バーバラがたくましい胸に抱き上げられたのはこれで三度目だった。ルイは息も乱さずに無言のままハリーに背を向けた。バーバラはあっけにとられ、かすれ声でルイの名を呼んだ。ルイが見下ろす。バーバラは震えた。「ルイ、だめよ……」館までこのままわたしを運ぶのは無理よと言いたかったのだが、ルイが目で制した。その目は笑っている。しかも、まぶしいほどに甘く輝いて……。

「愛するぼくのバーバラ、二度とそのせりふは言わせないよ」ルイは華麗に言ってのけた。

バーバラは沈黙した。

# 10

ルイはバーバラの寝室に向かった。

「まあ、だめよ！　わたしは病気じゃないのよ」驚いてはにかみながら抗議するバーバラを、ルイはほほえみながら見下ろした。

「ショックだったろう。少なくとも、ぼくはショックだったよ」

ルイの言葉を受けてバーバラは言った。「わたしの部屋へ行くのはわたしのため、それともあなたのため？」

「二人のためだよ」ルイは笑いながら即座に言い返した。

彼は寝室のドアを肩で押し開いた。エレナはまだゆうべのコーヒーの盆を下げていない。しかし、ほかはきちんと片づいていた。バーバラが自分で部屋を整えたのだ。

ルイはためらわずベッドに歩いてバーバラをそっと下ろし、一瞬心配そうに見下ろした。

「気分はどう？」

バーバラは首を横に振った。「仮病の気分よ。ほんとに……こんなにやさしくしてくれる必要はないのに」

「必要があるんだよ」ルイは静かに言い、自分もベッドに横たわり、バーバラを腕に抱いた。

バーバラは逆らわなかった。自制心はどこかに消えてしまったらしく、ルイのキスに自分から応《こた》えた。しばらくしてルイは顔を上げ、うめきともつかない長い息を吐いた。

「つまり、こうする必要があったんだ。きみはもう二度とぼくを近づけないんじゃないかと思ったよ」

バーバラは彼の傷跡を手で慈しんでいた。が、ルイの言葉を聞き、首をかしげて見上げた。「どういうこと？」

「きみはここを出ていこうとしたじゃないか」ルイの腕に力がこもる。

「だって、それは……」バーバラは口ごもり、彼の温かい表情、情熱をこめた抱擁の意味を理解しようとした。

「それは？」ルイはうながした。じっと見守るまなざしに、バーバラは赤くなった。

「あなたにはわたしが必要なかったから」正直に言う。

返事はない。バーバラはルイの顔が見られなかった。抱擁はゆるまない。

やっとルイが言った。「そういうことか」彼は寝返りを打ってバーバラから離れ、肘をついて頭を支え、彼女を見下ろした。「ぼくがきみを必要としなかったときがあるかい？」

おかしそうに問いつめる。

彼の笑顔の魅力に負けまいとバーバラは目を閉じた。「あなたは妻を求めたわ。でも、本当に必要としたのはペピータよ。彼女と結婚できなくなったときに、たまたま都合よくわたしが現れたのよ」

ルイは大声で笑った。「ねえきみ、ぼくの人生において、きみほど長い時間を一緒に過ごした女性はいないよ」ルイはまじめになった。「十年だよ」低い声で言い足す。

たちまちバーバラは目を開けた。「え？」

「十年だよ」ルイは口もとを歪《ゆが》めて繰り返した。

「おかしなことを言わないで」ルイが答えないので、バーバラは記憶を探りながら続けた。「あなたはわたしを侮辱したわ。わたしが恐喝を働いたと言って」

ルイは唇を引きしめたが、声はおだやかだった。「あれは、ぼくがどうしようもない短気な男だったから口を滑らせただけだ。本気じゃなかったんだ。きみがゆすりを働くなんて思うわけがないだろう」

「あなたはお金を投げつけて、わたしを追い払おうとしたわ」

今度はルイがあっけにとられた。「なんのことだい？」

「これで足りるかって言ったじゃない」バーバラは思い出におののいた。

ルイは青くなった。「ばかな！」

「忘れたの？」バーバラは喧嘩腰《けんか》で迫った。

「おぼえてるさ」ルイは陰鬱《いんうつ》な声になっていた。「忘れるものか。きみに言ったこと、言えなかったこと、すべておぼえているよ。きみはほんとにおばかさんだ。ぼくもだけどね。この件に関しては二人ともだ」彼は長いため息をついた。「ぼくは金で追い出そうとしたんじゃない。きみを行かせたくなかったが、皆があのままではいけないと言ったし……きみはイギリスに帰りたがっていた。叔父さんは薄汚い男だから、きみにチャンスをあげようとしたんだ。帰国費用としてあの金を渡したんだよ」

そういえば、あのときのルイは一途《いちず》なまなざしで、妙に緊張してお金を押しつけてきた。

「本当にそれだけの理由で？」

「いや」ルイは口ごもった。「ほかにも理由はあったんだが、わかってもらえるだろうか」

何か事情があるらしい。バーバラは上半身を起こした。何かとても大切なこと、人生の一大事に直面している気がして、ルイを見つめた。森のように深い緑色の、注意深いまなざし。頰に斜めに走る傷跡は、ことあるごとに本人を裏切って緊張を表してしまう。そして、あの誘惑的な唇。

「話して」バーバラはささやいた。「お願い」

ルイは彼女の手をとって自分の顔に運び、いきなり情熱をこめて頰に押しつけた。突然の不器用な動作にバーバラははっとした。ルイの指が震えている。

「ぼくは……チャンスをあげたんだよ」

「チャンス？」バーバラは当惑してきき直した。

「不幸な思い出から、きみの叔父さんから」ルイはごくりと喉を鳴らした。「ぼくから逃げるチャンスをね」

バーバラは信じようとしなかった。「やっぱりあなたはわたしを追い出したんだわ！　ここに置いておきたくなかったから」

ルイはバーバラのてのひらにそっとキスした。彼女は体を震わせた。

「本当にそう思うのかい？」

「だって……」

ルイは目を上げた。その目は一瞬にしてベールをかなぐり捨て、感情もあらわに、エメラルドの輝きを放つ緑の炎と化した。「ひと目見たとたん、きみが欲しくなったよ。いや、もっと激しい感情を抱いた」

バーバラは息が止まりそうになった。

「きみは本当にすてきだった」ルイはそっと言った。「実に生き生きとして、人間とは、こうもすばらしいものかと思った。忘れていたことを思い出させてくれたよ。生きる喜びをね。ペピータと笑いころげるきみ、浜辺で子供たちを馬に乗せているきみ、ぼくは恋に悩む少年のようにきみの姿を追ってばかりいた」

驚くバーバラにルイは苦笑した。

「わたし……ぜんぜん知らなかったわ」バーバラはしどろもどろに言った。

「知られないように気をつけていたもの。なにしろきみはまだ子供だったから」

バーバラは必死で言い返した。「十八よ。ポルトガルでだって、法的に大人の年齢だわ」

ルイは困った顔になった。「そうじゃなくて、きみはまだ無邪気だったって言っているんだよ」

「頭の発育の遅い子だったって、はっきりそう言いなさい」バーバラは迫った。

ルイはあきれ、笑い出した。「そんなこと言ってやしないよ。自然に大人になるものを、焦って無理やり大人にしたくなかったということさ」

バーバラはうたぐり深い目をしたままだ。「あなたの話にはついていけないわ」

ルイは長々と寝そべり、バーバラを抱き寄せた。「いいかい、バーバラ、ぼくはきみを愛してしまった。しかし、きみは若すぎた。三十のぼくはどうしたらいい？　会うたびきみが欲しくなるというのに。そうなるともう、どうしようもなくなって」ルイはバーバラを離して仰向けになり、片腕で目を隠した。「それであの日、ついきみに対して癇癪《かんしゃく》を起こしてしまったんだな。一人でずっと綱渡りをしてきたようなものだからね。不可能なことを求めて」

バーバラの脳裏に突然、あのときのエレナの奇妙な口調がよみがえった。家政婦はルイに、バーバラはまだ子供なのだからと諭すように言っていた……。小さめの服を着て、子馬のたてがみのような髪を洗いっぱなしにしていたわたしは見るからに子供っぽかった。家政婦や、おそらく祖母の侯爵夫人にも警告を受けたルイは、わたしとの年齢差を意識しすぎて……。

「あのとき、あなたはもう一つの賭《かけ》をしたのね」バーバラは新しい発見をしたように言った。「わたしにお金をくださったとき、わたしが逃げ出すかどうか賭《か》けたのね。逃げ出したから……あなたの問題は解決した。逃げ出さなかったら、どうなったのかしら？」バーバラは瞳を輝かせてルイを見た。

ルイは目をおおったままだ。「聖人君子じゃないんだから、遅かれ早かれきみを自分のものにしようとしたろうな」

バーバラはその言葉をゆっくりとかみしめ、そっとたずねた。「イギリスでのように？　わたしにプロポーズする前のことよ」

ルイは全身を緊張させた。返事はない。バーバラは重くのしかかっていたものが晴れていく喜びを感じていた。

「あの夜」しかし、バーバラはさりげない口調を装った。「ホテルに泊まろうってわたしを誘ったのは、わたしのことをなんとも思っていなかったからでしょう」

ルイは顔から腕をはずした。

「ペピータが言ったわ」バーバラは同じ口調で続けた。「あなたは奥さんにしたい女性を――大切に思っている女性を結婚前にベッドに誘ったりはしないって」

ルイはバーバラをにらみつけた。「ペピータの言うとおりだ。あれはぼくの信条に反することだった。しかし、きみは……ああ、きみにかかわると信条なんて忘れてしまうんだよ」ルイは半身を起こしてバーバラを見つめた。「十年前、ぼくがきみに下心を持っていたなんて思うかい？　ぼくは、きみの叔父さんとあのとんでもない悪事からきみを救い、しかもその見返りを求めないやさしい騎士だと思われていたはずだ。それが、思春期を迎えたばかりの少年みたいにきみを襲ったんだぞ」ルイはうんざりするように言った。「きみは忘れたろうが、ぼくはおぼえている。あんなに後悔したことはないよ」

バーバラはたじろいだ。しかし、今こそ本当の気持を隠してはならない。彼女は静かに言った。「わたしも忘れたことはないわ」ルイは刃《やいば》で突かれたように顔をのけぞらせた。「あれから男の人とはつきあえなくなってしまったのよ、ルイ。でもわたしは……あなたに侮辱されたせいだと思っていたの」

ルイは目を閉じた。彼が苦悩する様子など見たくない。バーバラは勇気を奮い起こした。「それがあなたを愛していたせいだとわかったのは結婚してからよ」

ルイはぱっと目を開き、バーバラの瞳に見入った。「愛していた？」彼はしゃがれた声でささやいた。

　バーバラは重々しくうなずいた。「だれかがわたしに触れると……触れようとすると必ずあの日のことを思い出したの。あの書斎であなたに……抱かれたことを。するともう耐えられなくなるのよ」

「マイ・ダーリン、あのときはキスしただけじゃないか。なのにそこまでおびえるとは、子供だった証拠だよ。やっぱり皆の言ったとおりだ」

「違うのよ」バーバラは必死で抗議した。「おびえたのではなくて、あなたのものになりたかったのよ、ルイ。あなたにはわたしが必要ないと思ったときはとても悲しかったわ。でも……」ルイはひどく緊張している。その様子がバーバラに希望を与えた。「わたしの勘違いだったかもしれないと今は思ってるの」間を置いて彼女は言った。「正直に答えてほしいの、ルイ」

　ルイはうつむいたバーバラに目をやり、短く答えた。「いいよ」

「ペピータを愛している？」

「いや」そのひと言で、彼女は十分に納得できた。

　バーバラは大きな安心感に包まれてルイと瞳を合わせた。どちらからともなく差し出された手はしっかりとつながれた。

「ペピータは友達だ」ルイは言った。「きみこそぼくの愛する人だよ」

　バーバラはすぐにも信じたかったが、不安の内に過ごした日々はあまりに長かった。

「なんでも手に入るなら何が欲しいかって話したことがあるわね。あなたは、以前はそういうものがあったと言ったわ」バーバラは握り合った手を見つめた。「それがペピータなら――彼女と婚約することだったら、そう認めて、ルイ。わたしを悲しませないためだとしても、嘘《うそ》だけはつかないでね」

ルイの指に痛いほど力がこもった。「あれはきみのことだよ」彼はきっぱりと言った。「十八歳のきみに対するぼくの恋のことだ。ぼくはそれに値しなかったとも言ったろう？自分が、きみを襲ったあの男と変わらないと思えたんだ。ああ、あのときのきみは……ショックに血の気を失って、必死で逃げていったね」

十年前の出会いがルイにとっても恐ろしい悪夢だったことを知り、バーバラは彼の手を握り返した。「あれは、あなたにゆすり呼ばわりされたからよ。それに、恥ずかしかったの」

ルイは自責の念にかられていた。「ぼくが悪かった。きみが叔父さんの計略に加担するわけがないと知りながら……」

バーバラはそれ以上ルイに言わせなかった。「いいえ、叔父とか家族のことではなくて、わたし自身が恥ずかしかったの。あのときのわたしの……あなたに対する態度よ……忘れたでしょうけれど」

「忘れるものか」ルイは猛烈な勢いで口をはさんだ。「思い出さない日はなかった」澄み

きった目がバーバラを見つめた。「あのとき、ぼくが自分を抑えなかったらどうなってい
たかな？　あやうくそうなりかけたけど……」バーバラがくすくす笑い出したので、ルイ
はいぶかしげに口をつぐんだ。

彼女はびっくりするほど明るい声で言った。「わたしに、あなたを忘れるくらいの分別
はあるだろうって期待していたのね？」バーバラはルイの首に手を巻きつけてささやいた。
「ね、そうでしょう？　ところが、わたしはあなたが忘れられなかった。十年前のわたし
はほんとにおばかさんだったけれど、あなた以外の人は愛せないって、それだけはちゃん
とわかっていたのよ」

ルイはバーバラを少し離した。「それなのに、ぼくを見捨てようとしたね」唇を一直線
に結んで彼はバーバラの顔を探った。「今日だよ。今朝、悲しそうにここを出ていこうと
したじゃないか」

「あれは、あなたがまだペピータを求めていると思ったから！」バーバラはそう叫びなが
らルイの厚い胸に拳《こぶし》を打ちつけた。「あなたが現状のままではいられないって言ったから
よ」

ルイはバーバラを枕《まくら》の上に横たえた。「そうさ。もうきみに触れずにはいられなくなっ
たからだよ。でも、きみも、ぼくに触れられたくないという態度をとったじゃないか。あ
れはどうしてなんだい？」

バーバラは頭がくらくらした。「あなたの重荷になりたくなかったの」真心をこめて言う。「あなたへの愛を必死で隠していたのよ」顔がほてるのを感じながらささやいた。

ルイは頭を起こし、大声で言った。「ぼくだってそうだ！　あの日、きみがロンドンの屋敷に現れたとき、十年たっても変わらない気持を隠してきみを迎えなければならなかったんだぞ」

彼の温かい胸の上でバーバラの指は震えた。「あのとき？　最初の日から？」バーバラは声を震わせた。

「最初の瞬間からだよ」

「でも……」

ルイが彼女の口を封じた。「きみが帰るとすぐにペピータに電話したよ。彼女はぼくの電話を待っていたからね」

「なんですって？」

ルイはばつが悪そうに笑った。「ペピータはね」おもむろに彼は説明した。「恋のキューピッドを演じてくれたんだよ。ぼくたちは前の晩にきみのことを話し合った。ぼくがきみの勤め先を突き止めたことから、ぺピータは怪しいとにらんだようだ。ぼくとの婚約はもともと考え直す気でいたらしいが、ぼくの言ったことや言わなかったことから判断して、十年前のぼくが意外なほどきみに関心を持っていたと考えた。それに、きみも……彼女の言葉によれば、ぼくに夢中だったって、ペピータは自信を持って言うんだよ」

バーバラは抗議の声をあげた。

「そのおかげで」ルイはにっこり笑った。「ぼくは勇気づけられたんだ。当時のぼくはきみが好意を持ってくれているなんて思いもよらなかったからね。ゴシック寺院の屋根の怪獣みたいなこの顔を見てぞっとしない人間がいるとはとても信じられないのに、まして、美しいイギリス娘が……」

「服も満足に着ていない子がね」かつてのペピータの酷評を思い出してバーバラは皮肉を添えた。

ルイは笑った。「確かにあの格好は倹約のしすぎだ。しかしね、実を言うと、ビジネススーツにハイネックのブラウスを着たきみには失望したな」

「わたしは変わっていないって言ったじゃない」バーバラはとがめるように言った。

「変わっていなければいいと思っていたんだ……」ルイはためらった。「そしたらやっぱり変わってなかった。それで、ぼくたちの間にしこりを残したものがなんであろうと、決着をつける必要があると思った」

「それで、わたしを誘惑しようとしたの？」川のほとりのホテルでルイの魅力の犠牲になりかけた夜のことを、バーバラは思い出していた。あのとき誘惑されてしまえばよかった！

「つい調子に乗りすぎてね」

「あら、決死の覚悟だったんでしょう」バーバラの両のてのひらがルイのなめらかな胴を動く。ルイは喜びに体を震わせた。

「おかげできみを失いかけて、骨折り損のくたびれもうけだったよ」

バーバラは首を横に振った。「そんなはずないわ」

「あれは演技だったのか。名演技だね」ルイは皮肉を言った。「ぼくはもうあとには引けないと思って、ルイスとフェリシアのことを口実にプロポーズしたんだ。本当は、きみを死ぬほど愛している、きみなしの人生は無に等しいと言いたかった。しかし、あれから数日しかたっていないときに、そんなせりふを聞かされたらきみは大変な負担を感じるだろうと思ったんだ。それにぼく自身、アーサー王伝説の、円卓の騎士の中でも最も高潔なサー・ガラハッドを気どるような男ではないし。そこで、策略を練った結果が二人とも地獄の苦しみを味わうことになってしまった」

「マキアヴェリ的策略ね」バーバラはつぶやいた。「ルイスはあなたの授業にあまり熱心にならないほうがいいと思うわ」

ルイはおだやかに笑った。「まったくたいした計略家だね、ぼくも。きみを失いかけたんだから、参ったよ。しかし、きみがハリーに〝わたしの愛する人〟と言ったとき、もしかして、まだ希望があるかもしれないと思った」ルイは突然微笑を消し、全身を緊張させせてバーバラを見下ろした。「あのとき、ぼくは自分の耳が信じられなかった……あれは聞き違いかな？　バーバラ、ぼくにもう一度チャンスをくれないか」

バーバラは愛をこめてルイの顔をそっと両手にはさみ、損なわれた頬となめらかな頬の両方にぴったりとてのひらを押しつけた。「わたしの愛する人にもう一度チャンスを与える必要なんてないわ」

ルイはほっと長い息を吐き、やがて、初めて女性に触れたように、限りない気づかいを見せて彼女を愛した。ゆっくりとやさしい愛撫《あいぶ》に応え、バーバラは至福へと駆け上がった。ルイも自制心を捨ててみずからを、そして彼女への愛を解き放った。

少しまどろんだあと、二人は金色の陽光のまぶしさに目を覚ました。そして、笑いながら再び愛し合い、情熱を燃え上がらせた。不思議だわ、だれもここに現れない……。かなりたってから、夢うつつにバーバラは思った。

「不思議でもなんでもないよ、マイ・ダーリン」ルイはおかしそうにつぶやく。「ぼくたちがイギリスから帰ってきたとき、まず最初にエレナに言っておいたんだ、ぼくたち二人が二階にいるときは、下にいるようにってね。下りていくまで邪魔しないでくれとも。無駄な用心かとも思ったが」ルイは悲しげな声で言い、バーバラの鼻の頭をくすぐった。

「役に立ってよかったよ」

「さすが、口説きの名人ですこと」バーバラは悪気のない冗談を言い、いたずらをする彼の指をつかまえてキスした。「でも、許してあげるわ」

「助かったよ」

「でも、さっき、ハリーがいるところへあなたが現れたのは奇跡ね」バーバラは思い出したように言った。「偶然とはいえラッキーだったわ」

「いや、あれはルイスのおかげだよ」すまして言うルイに、バーバラは目をみはった。

「ここ数日ハリーは海岸をうろついていたらしいよ。ルイスを使ってきみを呼び出そうとしたそうだ。今日、彼ときみが一緒にいるところを見て、ルイスは大変だと思ってぼくに知らせに来たんだ。だけど」ルイは考え深く言い添えた。「子供のくせに、あいつ、なかなかやるな」

バーバラは声をひそめた。「ハリーがわたしの叔父だということをルイスは知っていたの?」

「いや、浮浪者だと思ったらしい」ルイはバーバラを抱きしめた。「きみが襲われるんじゃないかとルイスは心配したんだよ」

バーバラは震え上がった。「あなたは……ハリーだとすぐにわかった?」

ルイスはバーバラの眉にキスした。「ぴんときたよ。いずれハリーは登場するだろうと期待していたからね」

のんきな口調! バーバラはルイを見上げた。「心配じゃなかったの?」

「心配？」ルイは眉をひそめてバーバラを見下ろした。「きみが怪我《けが》でもしやしないかと、それだけが心配だね。今度現れたら、年寄りの叔父さんだからって容赦はしないよ。正面階段から下に投げ捨ててやる」

バーバラは唇をかみしめた。「ならず者ですものね」

「それはそうだ」ルイはとまどった声で答えた。

「そんな人がわたしの親戚《しんせき》なのよ。つまり、血がつながっているわけだから」恥辱を感じながらバーバラは言った。

ルイは不審の表情を解き、バーバラをゆったりと抱き直した。子供をなだめるように、あごで彼女の顔をなでる。「身内に困り者は必ずいるものだよ。偶然というか、生まれたときの運みたいなものでね」ルイは冷静に言った。「ぼくの兄がいい見本さ」

バーバラはルイの胸に手を置いた。押し殺された彼の感情が胸から伝わってくる。

ルイは静かに続けた。「きみももう知っているだろうが、ぼくの顔の傷は兄がつけたんだ。世間では事故だと思われているが、実際は違う。彼はかっとなって、前後の見境なく釣り用のナイフでぼくに襲いかかったんだよ」

バーバラは恐怖の声をもらした。

「大丈夫だよ、ぼくは立ち直った」ルイはおだやかに笑った。「きみはぼくの顔を見るのさえいやなんじゃないかと考えるとつらかったけどね。しかし、すぐに気にならなくなった。きみはいつも正直な気持を表してくれたから、傷跡を気にしていないように見えたんだ」静かな声にひそむ不安をバーバラは感じとった。

バーバラは起き上がり、素直なまなざしでルイの瞳をのぞきこんだ。「あなたのすべてを愛しているわ」傷跡にキスした。「ここもよ」ルイの鼓動が速くなるのがわかる。バーバラは満ち足りた気持でささやいた。「お話はよくわかったわ。ハリーのことは見逃してね。わたしもあなたのお兄さまのことは忘れるから。これでおあいこね」

バーバラの指の下でルイの胸が波打つ。彼は笑っていた。喜びと驚きに満ちた笑いが彼の胸の底からこみ上げてきた。

「いいだろう」とルイは応じた。「きみの言うことにはなんでも従うよ。これで最後の問題も解決したわけかな？　夫婦の無上の喜びを追求しようか？　それとも、まだ悩みをどこかに隠しているのかな？」

バーバラは拳を振りかざしてルイのあごに一発お見舞いするまねをした。「わたしがだれのせいで悩んだと思ってるの？」バーバラは怒ってみせた。「だれかさんがあんまり傲《ごう》慢《まん》で、よそよそしくて……薄情だから、わたしの頭はすっかりこんがらかってしまったのよ」

「すまない」ルイはバーバラの手をとって一本一本の指にキスした。「その償いはさせてもらうよ」

ルイは少しも悔いている様子がない。バーバラは疑いのまなざしを向けた。「どうやって?」

ルイはバーバラの唇を長い指でなぞった。彼女が息をつめ、その瞳が暗くかげると、彼はくすくす笑った。「きみを苦境から救ってあげよう」

ルイはもう片方の手をバーバラの長い腿に滑らせた。胸をはずませて逃げるまねをする彼女をルイはつかまえた。

「ぼくも苦しい立場にあるんだ」彼はささやいた。「助けてくれよ」名残を惜しむようにキスをする。「前に言ったね、ぼくはきみに、手に入れられるものはなんでもあげるって。受けとってくれるね」

バーバラは望みのものをルイに要求した。確かな信頼感に支えられて。その信頼感は彼女のものであり、ルイのものでもあった。

バーバラはルイの頭をしっかり抱き、ゆっくりとキスした。「わたしを愛して」

●本書は、1990年11月に小社より刊行された作品を文庫化したものです。

# ルイの仮面

2014年8月1日発行　第1刷

著者　ソフィー・ウエストン

訳者　藤波耕代（ふじなみ　やすよ）

発行人　立山昭彦

発行所　株式会社ハーレクイン
東京都千代田区外神田3-16-8
03-5295-8091（営業）
0570-008091（読者サービス係）

印刷・製本　大日本印刷株式会社

定価はカバーに表示してあります。



Printed in Japan © Harlequin K.K. 2014 ISBN978-4-596-93607-3

## ハーレクイン文庫

### 償いは残酷に

ペニー・ジョーダン / 安引まゆみ 訳

ローレルは15歳のときに義父に襲われかけ、それ以来、異性に心を閉ざしている。当時彼女を中傷し、人生を破滅させたジャーナリストのオリヴァが現れて…。

### 背徳の烙印

ミシェル・リード / 萩原ちさと 訳

姉夫婦が事故に遭ったとシャノンに伝えに来たのは、義兄の兄で元恋人のルカ。ルカは今なお彼女のことをふしだらな女と誤解し、蔑みを隠そうともしなかった。

### 罪なき愛人

ダイアナ・ハミルトン / 寺田ちせ 訳

ジョージアは、母の再婚相手の息子であるジェイソンに密かに恋をしていた。だがある日、義父を誘惑したと濡れ衣を着せられた彼女は家を飛び出した。7年後――

### 真夜中のファンタジー

アン・メイジャー / 山野紗織 訳

婚約者の心変わりに気づいたクレアは屋敷を飛び出し、暴漢に襲われかける。救ってくれた見知らぬ男性は、彼女が少女の頃から夢見てきた恋人そのもので…。

### 言葉はいらない

エマ・ゴールドリック / 橘高弓枝 訳

過去のトラウマが原因で口をきくことができず、身寄りもない孤独なマンディ。ある日出会った紳士ブライアンの自宅で、秘書として住み込むことになるが…。

### 別れるための一夜

リン・グレアム / 秋元由紀子 訳

夫リュクに愛人がいると知ったスターは、1年半前に彼のもとを去った。その後、ひそかに赤ん坊を産んで育てていた彼女のもとに、突然リュクが現れる。